猫目堂
心をつなぐ喫茶店

水名月けい
MINATSUKI Kei

文芸社文庫 NEO

目　次

プロローグ　はじまりと終わり　8

月の光のオルゴール　―7 years ago―　30

ダンデライオン　―6 years ago―　55

Dear friend　―5 years ago―　75

君の中に　―4 years ago―　100

花束／Bouquet　―3 years ago―　123

さよなら　―2 years ago―　142

薔薇の名前　―1 year ago―　167

エピローグ　終わりとはじまり　190

猫目堂　心をつなぐ喫茶店

とある山奥の小さなバス停の近くに、小さなお店があります。
その入り口には、こんな看板が……

《喫茶・雑貨　猫目堂》

『あなたの探しているものがきっと見つかります。
どうぞお気軽にお入りください』

さあ、扉を開けて。
あなたも何か探しものはありませんか？

プロローグ　はじまりと終わり

『猫目堂』という一風変わった名前の店に彼女が来たのは、本当に偶然だった。

友達の友達の家で飼っている猫が仔猫を産んでしまい、一匹だけでいいからどうしてももらってほしい。数少ない友人にそう頼まれ、断る事が出来ずに、今日、仔猫をもらい受けに行く約束をしていた。

友達に地図を描いてもらい、バスを乗り換えるため大きなバスターミナルで降りたところまでは順調だった。けれど、その乗り換えたバスが全然見当違いの方向へ走り出しても、彼女はまだ気がついていなかった。

もしかしたら、ほかの事に気を取られていたせいかもしれない。

実を言えば、仔猫をもらう事に彼女はためらいを感じていた。

猫、というか動物と暮らすなんて十年以上なかった事だ。今更仔猫なんかもらって、ちゃんと育てていけるだろうか。そもそも自分には猫と一緒に暮らす資格などあるのだろうか。

ここまで来て、彼女はそんな風に悩んでいたのだ。

それでも、バスが山道を進むうちに何だか様子がおかしいなと思い始めたのだが、初めて行く場所だからこんな道も通るのだろうと暢気《のんき》にそのまま乗り続け、気がつけば終点だった。しかも来た事もないような緑深い山の中。

こうなったら折り返しのバスに乗って戻ろうと思っていたのに、

「すみませんが、このバスは回送になるので降りてもらえませんか」

運転手は素っ気なく言った。

「え？　こんな所で降ろされたら困ります」

「そう言われても、こちらも困るんです。申し訳ないですが、次のバスをご利用ください」

「次のバスって、すぐに来るんでしょうか？」

不安になりながら問いかけると、運転手は軽く肩を竦《すく》めた。

「何でしたら、近くに喫茶店がありますから、そこで待たれたらいいですよ」

「喫茶店？　こんな山奥にですか？」

ますます不安になり、縋《すが》るように運転手を見たが、

「急いで戻らなければなりませんので、申し訳ありませんね」

運転手に頭を下げられて、彼女は仕方なしにバス停に降り立った。その途端、待っ

てましたとばかりに、彼女を残してバスは去って行ってしまった。

途方に暮れた彼女は、次のバスを待とうと時刻表を見た。

まだ一時間以上もある。

こんな山奥にたった一人きりで一時間以上も待っていなければならないなんて、何とも心細い。

「熊なんか出てこないでしょうね？」

困り果てて視線を漂わせると、林の向こうに建物らしきものが見えた。

「こんな所に住んでいる人が本当にいるのかしら？」

そう思いながら興味本位で近づいていくと、深い緑に囲まれるように赤いレンガ造りの小さな建物があった。

まず目に飛び込んできたのは、建物のサイズに対してずいぶん大きな木の扉。上半分にステンドグラスが嵌《は》め込んである。この建物とそっくりなレンガ造りの家屋の前に、一匹の猫がちょこんと座っているという変わった絵柄だ。

両目の部分にだけ琥珀《こはく》色が入っているが、それ以外は全身真っ黒な猫。両手をきちんと揃えて座る黒猫の背後には、可愛い人形のオーナメントが飾り付けてある大きめのクリスマスツリーがあり、足元には、向かって右側にハンドルのついた小箱――よく見れば、箱から音符が流れ出し、中にシリンダーがあるのでオルゴールのようである――が、左側には茶色いテディベアが描かれていた。

四つ角の飾り枠は、すべて図案が違っている。右下には黄色いタンポポ、その対角に白いライラック、右上にはオレンジ色の薔薇があり、残り一つの角には桜色の貝殻と色とりどりの丸い石がデザインされていた。丸い石は、その色や形からシーグラスだと思われる。

それらのモチーフが一枚の絵に収まっているのだが、季節感も統一感もない何とも風変わりなステンドグラスだった。

扉の両脇には大きな鉢植えがあって、冬咲きのクレマチスが勢いよく壁に蔓《つる》を這わせていた。小さな緑色の葉と、うつむき加減に咲くベルのような形の乳白色の花弁が、赤いレンガの壁にひときわ映える。クレマチスの株元には、小ぶりの真っ赤なシクラメンと、アンティークカラーのパンジーやビオラ、カラーリーフなどが寄せ植えされている。

視線を左右に向ければ、二階建ての建物の両脇にもたくさんの花木があるのが見て取れた。今は冬なので残念ながら花は咲いておらず、全体に枯れたような感じがする庭だが、薔薇やラベンダーなどが何本も植えてある。冬でも元気に可憐な青い花を咲かせているローズマリーが、生け垣のようにこんもりとして、小さな建物と小さな庭を囲んでいた。ローズマリーの清々しい香りがほのかに漂ってくる。

きっと花の季節になれば、とても美しい景色になるに違いない。

色とりどりの花に包まれたレンガ造りの建物。まるでイギリスの田舎にあるような、あるいはおとぎ話にでも出てくるような雰囲気だ。花とガーデニングが大好きな彼女にとっては理想のような場所だった。

でも、と彼女は首を傾げた。

(気のせいかしら。どの花もうちにあるものと同じ種類ばかりだわ)

扉の横にある寄せ植えをもう一度しげしげと眺める。

これとほとんど同じものを彼女も作り、最近、自宅の玄関前に飾ったばかりだった。

(何だか不思議ね)

そんな風に思いながら扉の上を見ると、素朴な木の看板が掛けてあり、『喫茶・雑貨　猫目堂』と書かれていた。

先ほどの運転手の言葉を思い出し、本当に喫茶店があった事に今更ながら驚く。

(こんな所で商売?)

彼女は看板をじっと見つめた。

あの小さなバス停の前からこの店まで続く細い林道沿いは言うに及ばず、バスが山道に入ってからかなり長い距離を走っていたが、その間、人家どころか人の姿などまったく目にしていない。対向車すら一台も見かけなかった。

そもそもバスが通っているのさえ不思議なくらいのこんな山奥で、喫茶店を営むなんて、よほどの変わり者か、やる気がないとしか思えない。

けれどこの冬空の下、一時間もバス停で待っているよりはましかもしれない。

そう考え直して、思い切って扉を開けた。


「いらっしゃいませ」

扉をくぐると、綺麗な顔をした若い男が二人、カウンターの中から声を掛けてくる。落ち着いた雰囲気の店内には、コーヒーの良い香りと清潔な空気が流れていて、驚いた事に三人ほどのお客もいる。とりあえず怪しい店ではなさそうだ。

彼女はほっと安堵しながら、カウンター席に腰掛けた。

「どうぞ」

すぐにメニューが差し出される。

薄いラベンダー色の紙にカリグラフィーで書かれたメニューには、様々な種類のコーヒーや紅茶の名前が並んでいた。

「ご注文は何になさいますか？」

店員らしき二人のうちの黒髪の方が気さくに尋ねてきた。

「あ、コーヒーを。えっと、ブラジル・サントスを一つお願いします」

「かしこまりました」

黒髪の店員は愛想よく頷《うなず》く。

コーヒーを待つ間、彼女はさりげなく店内にいる人たちに視線を走らせる。

先ほど注文を訊いてきた店員は二十代前半くらい、漆黒の髪に琥珀色の瞳がよく映える。もう一人の方は金髪に青い瞳で、年齢は二十代後半から三十代前半くらいだろうか。二人とも実に感じが良い。

三人いるお客は、カウンター席に腰掛けている年配の優しそうな紳士と、すごく可愛い顔をした小さな子供。それから、ボックス席で洋書を読んでいるインテリ風の美人。何だか不思議な取り合わせだ。

カウンター席の紳士と子供は、離れた場所に座っていて、どう見ても連れという様子ではない。こんなに小さい子供が一人でいるなんて、親はいったい何をしているのだろう。

金髪の店員が、子供と何やら話しているのが聞こえる。

「じゃあ、あの小鳥、もうすっかり良いんだね？」

店員の質問に、子供は笑いながら頷く。

「うん。あいつも今は元気にそこらじゅうを飛び回っているよ」

「そうか。それは良かった。それに君もとても元気そうだ」

「おかげさまで、最近はいたって真面目さ。もう二度と下界に落とされないように気をつけるよ」

彼女は首を傾げた。

いったい何の話をしているんだろう。学校の話でもしているのだろうか。それにしても妙な会話だ。

そんな風に思っていると、

「お待たせいたしました」

目の前にコーヒーが差し出された。

「どうもありがとう」

淹れ立てのコーヒーの良い香りがする。一度その香りを吸い込んでから、味わうように一口目を飲む。ほどよい酸味と苦味が、まろやかに口の中を満たす。

とても美味しい。それに体が温まる。

そこで、やっと彼女の緊張がほどけた。

コーヒーを飲みながら、改めて店内を見まわしてみる。

造りは小さいが、ちょっと洒落た感じの店。置いてある小物もアンティークっぽいもので、売っている雑貨もみんな趣味の良いものばかり。それにどこか懐かしい感じがする。

木材をふんだんに使った壁や飾り棚。飾り棚の中にきちんと陳列されたカップやグラスなどの食器類には、花や鳥の柄が描いてあったり、綺麗なカッティングが施されている。テーブルに置かれた花びらの形のランプから漏れる淡い光。カウンターやボックス席に各々飾られた、二、三輪ずつのさりげない花たち。すべてが何とも言えず心地好い。

「ずいぶん花が多いのね」

思わず声に出すと、

「お気に召していただけましたか?」

黒髪の店員が尋ねてくる。

独り言を聞かれて少し気恥ずかしくなりながら、彼女は笑顔で頷いた。

「ええ、とても素敵ですね」

「ありがとうございます」

笑い返してくる顔に、どことなく既視感があるのは気のせいだろうか。

「お店の中にも外にもたくさん花があって、本当にお好きなんですね」

そう言うと、黒髪の店員は何とも言えない柔らかい微笑を浮かべた。

「はい。俺も好きですが、俺の大切な人が花が大好きなんです」

堂々と惚気《のろけ》られたが、嫌な感じはしなかった。むしろ、その幸せそうな表情に、見ているこちらまで心が温かくなってくる。

彼女はすっかりくつろぎながら、カウンターの横にあるショウケースに視線を移した。こちらもやはり枠は木製で、前後や側面、棚板に大きなソーダガラスが嵌め込んである。細かな木目が美しい、レトロなデザインのショウケースだ。

中にいくつか雑貨が並んでいるのだが、ケースの大きさの割に数は少なめだ。

特に買うつもりはないのだが、彼女は何となくそのショウケースの中を覗き込んだ。

こんな所にも雑貨が置いてあるんだ。そんな軽い気持ちだった。

だが、ショウケースの中にあるものを発見して、彼女は目を見開いた。

「嘘でしょ？」

震える手でコーヒーカップをテーブルの上へ戻すと、椅子から立ち上がり、ふらふらとショウケースに近寄った。

「これ……」

彼女はショウケースの中を食い入るように見つめた。自分の目を疑うように、何度も何度も瞬《まばた》きしてみるが、どうやら見間違いではないらしい。

「どうしてこれがここにあるの？」

彼女の言葉に、コーヒーを持ってきてくれたのとは別の店員が、そっと彼女の背後に立った。

「そちらに見覚えがあるのですか？」

「あるも何も、これ、私のだわ。私が昔飼っていた猫の『海斗《かいと》』につけてあげていた首輪だわ」

信じられないと言うように、彼女は言った。店員はショウケースから黄色い首輪を取り出して、それを彼女に手渡した。

「よくご覧になってください。本当に間違いありませんか？」

彼女は言われるままにそれを手に取り、しげしげと眺めた。表面を手でなぞり、ひっくり返して裏側まで丹念に調べる。

「間違いない。だって、ここに、私の字で『かいと』って書いてあるもの。それにうちの電話番号も」

「そうですか」

店員は意味ありげに頷いた。

本当にどうしてこんなものがここにあるのだろう。

その理由を聞きたくて、彼女は首輪を握り締めながら店員を振り返った。

その時――

「ニャアン」

彼女の足元に、一匹の猫がすり寄ってきた。

全身真っ黒な艶々《つやつや》した毛並みの美しい猫。

その猫を見て、彼女の顔色が変わった。

「海斗？」

彼女は驚いてその猫を抱き上げた。猫はおとなしく彼女に抱かれると、ゴロゴロと喉を鳴らしながら、彼女の鼻先を舐めた。

「海斗？　本当に海斗なの？」

猫はちょっとだけ首を傾げてから、琥珀色の大きな瞳で彼女を見つめた。

「そうだよ」

猫が答えた。

「久しぶりだね。元気だった？」

間違いなく人間の言葉で喋っている。

普通ならあり得ない出来事に、しかし彼女は驚かなかった。驚きよりも嬉しさと懐かしさの方が大きかったのだ。再び海斗に出会えた。その奇跡の前では、そんな事どうでもよかった。

「海斗、今までどこにいたの？　ずっとずっと探していたんだよ。あなたがいなくなって、あれからずっと私はあなたを探していたんだよ」

彼女の言葉に、猫は小さく頷いた。

「うん。知ってるよ。もう十年以上も、僕が帰るのを待っていてくれたんでしょう?」

「そうだよ。私、あなたに謝りたくて。それで、ずっと探していたの」

彼女が言うと、

「どうして?」

猫が不思議そうに尋ねる。

「どうして君が僕に謝るの?」

まっすぐに問われて、彼女はちょっとだけ言い淀《よど》む。

「だって……」

唇を震わせながら、彼女は口を開いた。

「だって私、あなたに酷《ひど》い事をしたんだもの。いくら子供だったとはいえ、つまらない独占欲であなたを縛って。そのうえ、あんな酷い言葉を言ってしまった」

彼女の目から涙が零《こぼ》れた。


まだ彼女がほんの子供だった頃。

黒猫の海斗は、彼女にとって、大切な友達であり弟のような存在だった。体が弱く学校を休みがちだった当時の彼女にとって、唯一心を許せる存在。彼女は海斗の事が大好きで、海斗もまた彼女の事が大好きだった。

いつも何をするのも海斗と一緒で、彼女はそれが当たり前だと思っていた。

けれど、海斗が大人猫になり、初めての恋の季節を迎えた時、家に寄りつかなくなった海斗に、彼女は我慢が出来なかった。

「私の傍にいてよ」

そう言って、海斗を家の中に閉じ込めた。

どうしても外に出たがる海斗を、時には強い言葉で叱ったりもした。

しかし海斗は、ほんの少しの油断を突いて、まんまと家から飛び出してしまった。

急いで海斗の後を追いかけたが、海斗はあっという間に草むらの中に駆け込み、そのままどこかへ行ってしまった。

彼女は落ちていた小石を拾うと、海斗の消えて行った草むらに向かって投げつけた。

悲しくて悔しくてどうしようもなかった。

「バカ！　海斗のバカ！　もう知らない。二度と戻って来るな‼」

その言葉通り、海斗は本当にもう二度と彼女のもとへ戻って来なかったのだ。

彼女の目から落ちた涙が、カイトの小さな額を濡らす。

「私、とても後悔したわ。あなたに我儘《わがまま》を押しつけて、酷い事をして。あなたが帰って来ないのも無理はないと思った。あなたが私を嫌いになって、私を捨ててしまっても当然だと思った」

泣きながら話す彼女を、海斗は静かに見つめている。

「それ以来ずっと猫と暮らせないでいたの。あなたに申し訳なくて。それに、また同じ事をしてしまうんじゃないかと怖くて」

「そんな事ないよ」

海斗は首を振ると、優しく諭すように話し出した。

「違うんだよ。ねえ、よく聞いて。僕はちっとも君を恨んでなんかいない、嫌ってなんかいない。今でも君が大好きだよ。あの時ね、馬鹿騒ぎみたいな恋の季節が終わって、僕は真っ先に君の所へ帰ろうとしたんだ。ずいぶん遠くまで来てしまったけれど、帰り道はちゃんと覚えていた。君に早く会いたくて、君を放っておいてごめんねと早く伝えたくて、本当に急いで家に戻ろうとしたんだ。……でも、戻れなかった」

そう言って項垂《うなだ》れる。

「海斗？」

心配そうに声を掛けると、思い直したように顔を上げて、琥珀色の瞳をまっすぐ彼女へ向けた。

「僕はね、僕の方こそ君に酷い事をしたと思っていた。ずっとずっと君に謝りたかったんだ。ごめんね。僕のせいで、君にこんな悲しい思いをさせてしまって」

「海斗……」

彼女は海斗の体をぎゅっと抱き締めた。小さいけれど、とても温かくて懐かしいぬくもり。

夢にまで見た海斗にやっと逢えた。嬉しくて、涙が溢れて止まらない。

海斗も嬉しそうにゴロゴロ喉を鳴らしながら、彼女の顔中を舐めまわす。

しばらくそうしていたが、

「これから仔猫を迎えに行くんでしょ？」

ふいに海斗が言った。

彼女は首を振り、泣き笑いしながら答える。

「ううん。仔猫を迎えに行くのはやめるわ。私は、あなたと一緒に家に帰る」

すると海斗は悲しそうに顔を歪《ゆが》めた。

「それは駄目だよ。ごめんね、僕は一緒には行けない。お願いだから仔猫を迎えに行ってあげて」

「どうして？　どうして駄目なの？」

彼女は驚いて尋ねた。

「どうしようもないんだ。僕は君と一緒には行けない」

「どうしようもないって言われても、そんなの分からないよ。海斗、お願い。一緒にお家へ帰ろう？　私はあなたがいればいい。ほかの猫なんていらないよ」

あくまでもそう言い張る彼女に、海斗の琥珀色の瞳が大きく揺らいだ。

いったいどう言えば彼女に分かってもらえるだろう。

海斗だって出来る事なら彼女と一緒に帰りたい。でも無理なのだ。彼女と海斗がどんなに望んでも、それだけはどうしても叶わない。

「ありがとう。そう言ってくれて、本当に嬉しいよ。でもね、その仔猫は君を待っているよ。僕には分かる。その子にとって、家族になってくれるのは君しかいないんだ。今もそわそわしながら君が迎えに来てくれるのを待っているよ」

海斗の言葉に、彼女は力なく首を振る。

「だったら海斗も一緒に行こうよ。海斗とその仔猫と私、みんなで家族になればいいじゃない」

ああ、本当にそう出来たらどんなにいいか。

でも、この世には決して曲げられない決まりがある。どんなに望んでも叶わない事がある。海斗はそれをよく分かっていたし、彼女もきっと心のどこかでは分かっているはずだ。

海斗はなおも優しく話し続ける。

「お願いだから、僕の分まで、その仔猫を大切にしてあげてよ。君の新しい家族、僕の妹になる子なんだからさ」

海斗はそこで一旦言葉を止めて彼女を見た。

ゆっくりと、しかしはっきりと別れの言葉を告げる。

「さよなら」

海斗はもう一度彼女の頬を舐めると、トンと彼女の膝から降りてしまった。

「待って！」

彼女が手を伸ばした途端——


ガチャンと音を立てて、コーヒーカップが傾《かし》いだ。

その音にビックリして、彼女は顔を上げた。

「あ……」

カウンターの中で黙々と働く二人の店員。静かにコーヒーを飲む老紳士。本を読む美人。店内を歩いている子供。

先ほどまでと何も変わっていない。

（夢だったの？）

彼女はぼんやりと考える。

深い眠りから醒《さ》めた後のように、頭がふわふわして思考がうまくまとまらない。

しかし、壁にかかった時計の針を見て、彼女は慌てて立ち上がった。いつの間にこんなに時間が過ぎたのか、バスの到着時刻が迫っていた。

「ごちそうさまでした。お釣りは結構ですから」

慌ててコーヒー代を払い、店を出て行こうとすると、

「では、こちらをお持ちください。当店からのサービスです」

コーヒーを淹れてくれた黒髪の店員が何かを差し出す。

バスに乗り遅れそうで焦っている彼女は、断る事も出来ずに、ひったくるようにして小さな紙袋を受け取る。

「ありがとう」

それだけ言い、駆け足で店を立ち去った。

「ああ、あんなに慌てなくても大丈夫なのに。バスも仔猫も、ちゃんと待っててくれるから」

喫茶店の前に立ち、彼女を見送りながら苦笑いする黒髪の店員に、もう一人の店員がそっと声を掛けた。

「あれで本当に良かったのかい？」

「うん」

黒髪の店員がきっぱり頷く。

「そうか」

「うん。きっと彼女は大丈夫。新しい家族ともうまくやっていけるさ」

微笑みながら言う。琥珀色の瞳に迷いはなかった。

そんな彼の様子に、もう一人の店員も笑いながら頷き、そっと彼の肩に手を置いた。

「ああ、そうだね。海斗《カイト》」


何とかバスに間に合い、座席に腰を下ろすと、彼女はほっと息を吐いた。

見るともなく窓からの景色を眺めていたが、ふと自分の手の中の紙袋の存在を思い出す。

そうだ。さっきのお店でもらったのだった。

いったい中身は何だろうと思いながら紙袋を開けてみる。そして、

「これ――」

彼女は息を呑んだ。

そこに入っていたのは、先ほど夢の中に出てきた海斗の首輪だったのだ。

「どうして？　だって、あれは夢だったはずなのに」

狐にでもつままれたような気持ちで、おそるおそる首輪を袋の中から取り出す。手にした途端に消えてしまうんじゃないかと思ったが、そんな事はなく、海斗の首輪は彼女の手の中に確かにあった。

よく見ると、留め金の所に、二つ折りにした小さなメモが挟んである。彼女は急いでそのメモを開いた。

『一番大切な君に。
ありがとう。
いつまでも君を見守っているよ。
海斗』

少したどたどしい字でそう書いてある。

「夢じゃなかったんだ」

彼女は慌てて後方を振り返る。

バスの後ろにある大きな窓から見えるのは、深く重なる緑、ただそれだけ。あのバス停も、あの店も、もうどこにも見えない。

彼女の目からとめどなく涙が溢れた。

やっぱり夢なんかじゃなかった。

彼女は首輪を握り締めて、いつまでも泣き続けた。

「海斗……」

その後、彼女が何度あのバス停を訪ねようとしても、どんなにあちこち探しまわっても、山奥のバス停も『猫目堂』という喫茶店もとうとう見つからなかった。

もしかしたら、あのバス停も『猫目堂』も、この世には存在しないのかもしれない。

それでもいい、と彼女は思った。

海斗はいつも傍にいる。そしていつまでも見守ってくれている。自分と、この小さな新しい家族、海斗の妹になった白猫の『湖子《ここ》』の事を。

「ね、海斗。そうだよね」

そう言って空に向かって微笑んだ彼女の隣で、丸くなって眠る湖子が幸せそうに大きな欠伸《あくび》をした。

月の光のオルゴール　―7 years ago―

　突然、バスがガタンと大きく揺れて、爽《そう》は驚いて目を覚ました。

　いつの間にか眠ってしまったらしい。ぼんやり顔を上げれば、バスの運転手が振り返ってこちらを見ていた。

「M市へ行かれる方は、こちらでお乗り換えです」

　そう言われて、眠気を振り払うように目をしばたたかせてバスの中を見回す。彼のほかに乗客はいない。

「ここで乗り換え？　おかしいな、確かにM市まで直通のバスに乗ったはずなのに」

　首を捻りながら独《ひと》り言《ご》ちると、運転手がもう一度こちらを振り返る。

「このバスはここから回送になります。M市行きのバスは一時間後に来ますから、そちらへお乗り換えください」

　さっさと降りてくれと言わんばかりに、運転手は冷たく言い放つ。仕方がないので、急いで荷物を持つとしぶしぶバスを降りた。

爽がバス停に降り立ったのを確認して、運転手はあっさりとドアを閉めてしまう。無情に走り去るバスを見送ってから、呆然と辺りを見渡した。

「いったいどこなんだ、ここは？」

どこからどう見ても山奥。右も左も深い緑が広がるだけで、彼が立っている小さなバス停のほかは、家の一軒も人の姿も見当たらない。

住んでいる町からM市へ行くまでにこんな山の中を通っただろうか、と疑問に思いながら時刻表を確認する。

先ほどの運転手の言葉通り、次のバスが来るまできっかり一時間。それまでただじっとここにいるなんて、とても出来そうにない。

まだ初夏だというのに、太陽は容赦なく照り付け、まるで真夏のような暑さだ。強い光に照らされた緑の葉が、むせ返るような濃い香りを放っている。このままここにいたら間違いなく熱中症になってしまう。

いったいどうしたらいいのだろう。

「あれ？」

途方に暮れた彼の目が、木々の合間に見え隠れする建物を捉えた。

もう一度目を凝らして見てみる。どうやら見間違いではないらしい。

彼がいるバス停から道路を挟んだ向こう側に林道があり、奥の林の中に確かに赤いレンガの壁らしきものが見える。

「こんな山奥に住んでいる人がいるんだろうか？　もしかして空き家かな？」

不思議に思いながら、舗装もされていないような細い道を歩いて行く。

突き当たりまで行くと、大きな木の扉が目に入った。

扉の上半分にステンドグラスが嵌め込んである。この建物とよく似たレンガ造りの家の前に、一匹の黒猫が座っているだけで、ほかには何も描かれていない。シンプルで変わった絵柄だ。

ふと見上げると、扉の上に素朴な木の看板が掛けてあり、『喫茶・雑貨　猫目堂』と書かれていた。

（こんな所で商売？）

爽は呆れたように看板をじっと見つめた。こんな誰も来ないような山の中に店を構えるなんて、よほどの変わり者か、まったくやる気がないとしか思えない。

けれどこんな山奥で、一時間もバス停で立っているよりはましかもしれない。少なくとも熱中症になるよりはいいだろう。

そう考え直し、思い切ってその店の扉を開けた。

カランカラン……

扉を開けた途端、ドアベルの澄んだ音がした。

「いらっしゃいませ」

整った顔立ちの若い男が二人、カウンターの中から同時に声を掛けてくる。

お客は三人いて、年配の紳士と、インテリ風の美人と、とても可愛い顔をした小さな子供。三人とも別々の席に座っている。

きちんと手入れの行き届いた清潔な店内の様子と漂ってきたコーヒーの良い香りに、彼は安心したようにほっと息を吐いた。どうやら思ったよりまともな店らしい。

カウンター席に座り、コーヒーを注文しようとして、急に空腹感を覚えた。そう言えば、朝から何も食べていない事に気づく。

「えっと、ご注文は何にしますか？」

二人の店員のうち、黒髪の方の店員がぎこちなく尋ねてきた。

いきなり注文を訊かれて、爽が戸惑っていると、

「失礼いたしました。こちらが当店のメニューになります」

もう一人の金髪の店員がすかさずメニューを差し出した。

爽はメニューを見て、とりあえず一番無難そうなものを注文する事にした。

「そうだなぁ。ブレンド・コーヒーと、あと野菜のサンドイッチをください」

「はい、分かり……じゃない、かしこまりました」

黒髪の店員は慌てたように言い直して、調理場へと消えて行った。

その後ろ姿に苦笑いを向けてから、金髪の店員が尋ねてくる。

「コーヒーを先にお出ししてもよろしいでしょうか？」

「あ、はい」

爽の返事を待って、手際よくコーヒーを淹れ始めた。温められたサイフォンから湯気が昇っていく。

コーヒーとサンドイッチを待つ間、さりげなく店内を観察する。

造りは小さいが、ちょっと洒落た感じの店。置いてある小物もアンティークっぽいもので、売っている雑貨もみんな趣味の良いものばかり。

ぎらぎらした日差しも、この店の中までは届かないらしく、しんと冷えた空気が心地好い。木の香りとコーヒーの香りに、先ほどまで焦っていた気分も落ち着く。それに何故だか分からないが、この店はどこか懐かしい感じがする。

(何だか不思議なお店だな)

店員の二人は大分若い。黒髪の店員が二十代前半で、先輩らしき金髪の店員にしてもせいぜい三十歳くらいにしか見えない。こんな若者二人が、どうしてこのような辺《へん》鄙《ぴ》な所で商売をしているのか不思議でならない。

それから三人の先客たち。離れた場所に座り、会話もない事から、各々この店に来た客のようだが、いったいどうしてこんな山奥でお茶を飲んでいるのだろうか。もしかすると、自分と同様にバスを待っているのかもしれない。

　爽がそんな事を考えていると、老紳士と金髪の店員の会話が耳に入ってきた。

「もうだいぶこちらには慣れたようだね、ラエル」

　紳士の言葉に、

「ああ、おかげさまで。カイトもよく働いてくれて、最近は簡単な料理なら作れるようになってきたしね。今のところ不自由は感じないよ」

　ラエルと呼ばれた金髪の店員が笑顔で答える。

　どうやら店員と紳士はかなり親しいようだ。

「こちらに君とカイトがいると聞いて、はじめはずいぶん驚いたけれどね。こうして顔を見る事が出来て嬉しいよ」

「そうだね。しばらくはここにいるから、いつでも寄ってくれてかまわないよ」

「そうか。いつまでこちらにいるつもりなんだね？」

　老紳士が訊くと、ラエルは曖昧《あいまい》に首を傾げた。

「とりあえずカイトの待ち人が現れるまで、かな」

　ラエルはそう言いながら、コーヒーを丁寧にカップに注いだ。

「お待たせいたしました」

目の前にコーヒーが差し出されて、爽ははっとした。盗み聞きでもしていたようで、少しだけ後ろめたい気持ちになる。

「ああ、どうも」

コーヒーの良い香りを吸い込みながら一口飲む。とても美味しい。

その美味しさに、彼はさっきまでのばつが悪い思いをすっかり忘れた。椅子の背もたれに体をあずけて、のんびりと二口目のコーヒーを啜《すす》った。

コーヒーを半分くらい飲んだ頃、野菜のサンドイッチが運ばれてきた。

「お待たせしました」

深い青色をしたオーバル皿の上には、三日月形の小ぶりなクロワッサン・サンドイッチが二つと、付け合わせのポテトフライ。ポテトフライの脇に、ケチャップの入った小さな白いスフレカップが添えられている。

食パンではなくクロワッサンのサンドイッチが出てきた事に少しだけ驚きつつ、同時に懐かしさも感じる。父親があまり食パンを好まなかったため、爽の実家ではパンといえばクロワッサンが出てきたものだ。

(美味しそうだな)

食後にもう一杯コーヒーを持ってきてくれるよう注文して、サンドイッチにかじりついた。

コーヒーと同様、こちらもとても美味しい。

表面のサクッとした食感の後、もちっとした歯ごたえと同時にバターがふわりと香る。中の野菜はレタスとトマトとキュウリ、それから何種類かのベビーリーフ。野菜はどれも新鮮で、噛むたびにシャキシャキと音が聞こえてきそうだ。少し変わった味がするのはスパイスかハーブを使っているのだろうか。この店と同様にどこか懐かしい感じがする。

そう。ずっと以前に、確かにこれと同じ味を食べた事がある。この店に来たのは今日が初めてなのに、どこで食べたのだろう。

不思議に思いつつ食べ続けるうちに、やっと思い当たる。

（そうだ。母さんが作ってくれたサンドイッチと同じ味がするんだ）

それと同時に、今朝早くかかってきた電話を思い出す。

「お願いだから帰って来て。お父さんもあなたに会いたがっているわ」

久しぶりに聞いた母の声。いったい何年ぶりだろう。

オルゴール職人になりたいという夢を反対され、引き留める両親を振り切って、ほとんど身ひとつで家を飛び出したのは、確か大学を卒業して間もない頃の事だった。

父の跡を継いで弁護士になってほしいと望む両親のため、両親の希望通りの大学に進み、いよいよ司法試験を目指して頑張ろうという矢先、爽はずっと胸にしまっていた幼い頃からの夢を思い切って両親に打ち明けた。

母は嘆き、父は激怒した。

オルゴールなど作って何になるのだ、そんな事のために大学まで行かせたわけではない、と父親に激しく罵《ののし》られた。どれほど言葉を尽くして真摯《しんし》に訴えても、父は決して許してはくれなかった。

だが爽も頑としてひかなかった。幼い頃から聞き分けのいい優等生だった彼が、初めて父親に真正面から反抗した。

どれほど言い争っただろう。ある日、

「出て行け。お前など、もう知らん」

一方的な父の言葉に、爽はカッとなって家を飛び出してしまったのだ。

その後もいろいろな事があったが、何とか今の工房に就職して、最近では少しずつ生活も安定してきている。まだまだ収入は少ないが、爽はとても充実した日々を過ごしていた。

大好きなオルゴールを作り、それを応援してくれる優しい恋人もいる。自分は幸せ者だ。たとえ両親に理解されなくても構わない。もう十分だ。心からそう思っていた。

けれど昨日の夜から、彼の幸福は揺らいだ。

「あのね、実は私、両親からお見合いを勧められているの」

レストランでの夕食を終えた直後、暗い顔で恋人に切り出された。

「え？」

突然の話にうろたえる爽に、彼女は更に言う。

「私ね、あなたの事をちゃんと両親に話したわ。けれど父は聞き入れてくれなかった。安定した仕事をしている人と早く結婚しろと言うの。でも、私が好きなのはあなたなの。あなた以外の人と結婚なんかしたくない」

それでも何も言わない爽に、彼女の顔が悲しそうに歪む。

「ねえ、私、どうしたらいい？」

彼女の不安な気持ちが伝わってくる。

彼女を安心させてあげたい。そう思うのに、やはり何も答える事が出来ない。

そんな爽の様子を見て、彼女は悲しそうに顔を伏せた。唇から大きなため息が一つ零《こぼ》れる。

「何も言ってくれないのね、爽」

彼女は静かに席を立った。

爽は彼女を引き止めようとした。しかし、何と言って引き止めればいいのか分からなかった。

彼女の父親の言いたい事は分かる。たぶん、爽が家を出る時に、爽の父親が言ったのと同じ事だろう。

「夢を見て食べていけるほど世の中は甘くない」

親としては当然の心配なのかもしれない。

それは爽にも分かっている。

だが――。

そして、今日の明け方。電話の着信音が、爽の浅い眠りを破った。

すぐに彼女からの電話だと思った。

慌ててベッドから飛び起きて、急いで携帯電話を探した。

「はい」

「もしもし、爽？」

聞こえてきたのは、恋人のものではなく、懐かしい母の声。数年ぶりに耳にするその声は、涙を含んで震えていた。

「昨日の夜、お父さんが倒れたの」

「えっ⁉」

「今、M市の病院にいるわ。お医者様の話では、今日か明日が峠だろうって」

「——!」

母の言葉に、爽は絶句した。

「爽、お願いだから帰って来て。突然こんな事になって、私もどうしたらいいか分からないし、何よりお父さんもあなたに会いたがっているわ」

(嘘だ)

咄嗟《とっさ》にそう思った。

父さんが僕に会いたがるはずがない。あの時、僕に「出て行け」と言ったのは父さんの方じゃないか。僕を拒絶したのは父さんじゃないか。それなのに、どんな顔をして会いに行けるというんだ。

喉元まで出掛かった言葉を、爽は呑み込んだ。

もし今行かなかったら、父親には二度と会えないかもしれない。そんな事になったらきっと後悔する。そう思い直し、勤めている工房に事情を話して、しばらく休みをもらう事にした。

それからM市行きのバスに乗って、父親のもとへと向かっていたのだった。

今更父親に会って、いったい何を話そうというのか。

手元のサンドイッチに視線を落としながら、爽は考え込んだ。

今の自分の状況を知ったら、父親は何と思うだろう。「それ見た事か」と嘲笑されるのではないだろうか。

「……」

家を飛び出した時の父親の厳しい顔と言葉を思い出して、爽は強く唇を噛んだ。

このまま会いに行っても、父親はきっと喜んではくれないだろう。また言い争いになったりしたら、何ともやり切れない。

(このまま引き返してしまおうか)

そんな事を思った時だった。

聞き慣れた音が聴こえて、爽は反射的に顔を上げた。

「ずいぶん古そうなオルゴールだね、ラエル」

ラエルがハンドルのついた小さな木の箱を手に持ち、老紳士に見せている。

「おや？　音が出ないのかな？」

老紳士の言うように、ラエルがハンドルを回してみるのだが、そのオルゴールはポロン…と最初にひとつ音を立てたきり、その後のメロディーがさっぱり続かない。

「これは、昨晩こちらにいらしたお客様からの預かり物なんだ。その方がずっと大切にされていたのだけれど、残念ながら壊れてしまってね。修理に出せないかと考えていたんだが、あいにく良い職人が見つからなくて」

ラエルの言葉に、爽は思わず腰を浮かせた。

「あの、僕でよければ見てみましょうか？　実は僕、オルゴールの職人をしているんです」

そう申し出ると、ラエルは嬉しそうに笑って、爽の手にそのオルゴールを渡した。

「お願いできますか？」

「ちょっと見てみますね」

爽は慎重な手付きでオルゴールの蓋を開けた。念入りに中の様子を確認する。

「ああ、これなら大丈夫。すぐに直せますよ」

「そうですか。それは良かった」

「ええ。少しの間お預かりしてもいいですか？　ちゃんと直して、こちらへお持ちします」

爽の言葉に、ラエルは満足そうに頷いた。

「ありがとうございます。そうしていただけると助かります」

「いえ。お安い御用ですよ」

ラエルの美しい笑顔に、つられたように微笑みを返す。

「けっこう古いオルゴールですね。でも状態はすごくいいな。よほど大切なものなんでしょうね」

感心したように爽が言う。

ラエルの青い瞳が優しくオルゴールを見つめた。

「ええ。持ち主の方が、息子さんから贈られたものだそうです。息子さんが初めて作られたオルゴールなので、ずっと大切にしておられたそうですよ」

ラエルが説明すると、爽は不思議に思いながら首を傾げた。

「へえ、そうなんですか。偶然ですね、僕も昔、自分が作ったオルゴールを父にプレゼントした事がありました。まるきり子供の工作で、不出来なものでしたけれど」

「そうですか。でも、お父様は喜ばれたでしょう?」

そう訊かれて、一瞬だけ考え込む。あの時、父は何と言っただろうか。

最初にオルゴールを作った時、爽はまだ小学生で、お世辞にも良い出来とは言えなかったはずだ。だが、父の反応は意外なものだった。

父の笑顔を思い出して、急に体から力が抜けたように感じた。張りつめていた何かが、ふっと途切れたかのように。

「はい。とても喜んでくれました」

その時の父の言葉が鮮明に蘇ってきて、爽は戸惑いながら話し続けた。

「すごく喜びながら、『こんな物が作れるなんて凄い。お前には才能がある』なんて言って。単なる親馬鹿なだけなんですが、父がそう言ってくれたのが嬉しくてね。父の笑顔を見られた事が、本当にとても嬉しかった。それがきっかけでオルゴール職人になろうと決めたんです」

「そうですか」

「ええ。でも、そんな事ずっと忘れていました。今まで思い出しもしませんでしたよ」

爽の話に、ラエルも老紳士も黒髪の店員――カイトも、ただ静かに耳を傾けている。

「見よう見まねで初めて作ったオルゴールでした。たしか曲目は……」

「ドビュッシーの『月の光』」

いきなり言われて、爽は驚きに目を丸くした。

「そう。正しくそれです。どうして分かったんですか?」

びっくりして尋ねると、ラエルは笑いながら、爽の手元のオルゴールを指さした。

「そのオルゴールの曲も『月の光』なんですよ」

その言葉に、改めて手の中のオルゴールのシリンダーを観察する。目を凝らしてドラムの表面の突起の配列を確かめた。

「本当だ。よく見れば、確かにこのメロディーは『月の光』ですね。本当にすごい偶然だな」

「そうですね」

素直に不思議議がる爽を見て、ラエルは意味ありげに頷いた。

「そのオルゴールを裏返してみていただけませんか?」

ラエルに促されて、爽はオルゴールの箱を裏返してみた。

「あっ!」

箱の底に刻まれた文字を見て、爽は驚いて声を上げた。

そこには、このオルゴールの製作者の名前が刻まれてあった。

「まさか、そんな――」

信じられない思いで、何度もその文字を確認した。かすれかかってはいるが、そこにあるのは確かに爽の名前だったのだ。

「息子さんからもらった大事なオルゴールだからと、わざわざ箱をこしらえたそうですよ。恥ずかしいから息子さんには内緒だとおっしゃっていましたが」

ラエルが説明すると、

「とっくに捨てられたと思っていたのに」

爽は呆然と呟き、じっとオルゴールを見つめた。その両目にうっすらと涙が浮かんでいる。

これが何故ここにあるのかとか、どうしてこの店員が自分や父の事を知っているのかとか、いろいろ疑問に思う事はあったはずだが、そんなものはどうでもよかった。

長い間ずっと父親に拒絶されているのだと思っていた。でも、そうではなかった。

「そのオルゴール、ぜひあなたの手で持ち主の方に届けてあげていただけませんか」

ラエルが優しく言う。

爽は言葉を失い、ただ無言で頷いた。しっかりとオルゴールを握り締めたまま。

「僕はもう行きます」

オルゴールを手に立ち上がり、コーヒーとサンドイッチの代金をカウンターに置いた。その顔は、店に来た時とは別人のように晴れ晴れとしていた。

「はい。ありがとうございました」

二人の店員が笑顔で言い、

「気をつけてお行きなさい」

老紳士も優しくそう言った。

爽は深々と頭を下げてから、ゆっくりと扉を開けて出て行った。

扉の向こうに爽の背中が完全に消えた時だった。

「ああ、やはり間に合わなかったか」

ため息のような声が聞こえてきた。

先ほどまで誰もいなかったはずのボックス席に、初老の男が一人で座っていた。厳しそうな眼差しを除けば、爽とよく似た顔立ちをしている。

「どうやら、爽とは入れ違いになってしまったようだ。仕方がない。残念だが、私はもう行かなければ」

男はそう言って、席を立とうとした。

カイトが慌てて遮る。

「お願いです。もう少しだけ待ってください」

男に向かって、悲しそうな顔で懇願した。

「ほんの少しだけでいいんです。せめて一目だけでも、息子さんと会ってあげてください。何なら、俺が追いかけて、息子さんをもう一度ここへ連れて来ますから」

カイトの訴えに、しかし男は首を振る。

「いけません。それは出来ない事だと、あなたもご存じのはずだ」

カイトはなおも食い下がった。

「でも、彼はやっとあなたに会う勇気を持てたんですよ。それなのに、病室へ着いたら、もうあなたが旅立った後だなんて、そんなの悲しすぎませんか」

必死にカイトが言うのだが、男はやはり首を横に振り続ける。

「ありがとう。でも、もういいのです」

ラエルは黙って、カイトと男のやり取りを聞いている。その青い瞳は、どこかやるせないような色を含んで、カイトを見つめていた。

男を説得しようと躍起《やっき》になっているカイトは、その視線に気付く様子はない。

「良くなんてありませんよ。こんなの、ちっとも良くないです」

今にも泣き出しそうなカイトとは反対に、男は冷静に言葉を続ける。

「私だって、出来るならもう一度、息子と話したい。けれど、それは叶わない事です。昨晩ここへ来た時に、私にはすでに分かっていたんです。だから、あのオルゴールをあなた方に預けたんですから」

「でも、息子さんと会えないまま別れるなんて、そんなのあんまりだ」

「仕方ありません。私にも、あなたにも、誰にもどうする事も出来ないんです」

「そんな……」

それでも納得しようとしないカイトに、男は思いがけず優しげな微笑みを向けた。

「息子とは、長い間ずっと仲違《なかたが》いしたままでした。このままきっと一生分かり合えないだろうと、すっかり諦めていたんです。それが、最後にこうして、私の本当の気持ちを伝えられました。息子が作ったオルゴールを、本人に返す事が出来て本当に良かった。ありがとう」

男の言葉に、カイトは力なく項垂れた。

「息子さんは悲しまれます。せっかく会いに行ったのに、あなたともう二度と会えないなんて。お別れすら言えないなんて。きっと、とても悲しまれます」

涙を堪《こら》えながら、そんな事を言う。

男はますます優しく笑うと、扉の方へ視線を向けた。

そこにもう爽の姿は見えないが、男は心から愛おしそうな眼差しを送る。

「大丈夫。私がいなくなっても、爽はちゃんとやっていけます。これからお互いを支え合っていく大切な人を、あいつはとっくに見つけたようだから」


『猫目堂』を後にして、バス停に辿り着いた爽は、そこに思いがけない人物を見つけた。

小さな旅行鞄を手に持ち、心細い表情でぽつんと立っている。白いワンピース姿が、新緑を背景に鮮やかに映えていた。

「どうして君がここに？」

心底驚きながら尋ねると、彼女の方でもびっくりして顔を上げた。

「工房の人から話を聞いて、あなたの後を追いかけて来たの。でも、バスを乗り違えたみたいで、いつの間にかこんな山奥に来てしまって。どうしようかと焦っていたら、すぐにM市行きのバスが来るから、ここで待っていたらいいって、運転手さんが教えてくれたのよ。あなたこそ、どうしてここに？」

逆に尋ねられたが、爽は答える事が出来なかった。

自分と彼女と二人して同じようにバスを間違うなんて、そんな偶然があるのだろうか。

黙ったままでいる爽を見て、彼が怒っていると思ったのか、

「ごめんなさい、勝手な事をして」

謝る彼女の声は自信なさそうに震えていた。

快活な彼女らしくなく俯《うつむ》きながら、それでも一生懸命に言葉を紡ぐ。

「昨日、あなたは何も言ってくれなかった。引き止めてもくれなかった。だから、もう私の事なんて好きじゃないのかと思ったの」

「そんなわけないだろ」

やっと一言だけ振り絞る。

本当はもっと上手く説明できればいいのに、肝心なところでいつも言葉が足りなくなってしまう。だから父親と仲違いしたままで、彼女の事もこんなに不安にさせてしまったのだ。

爽が言葉を探しているうちに、彼女は顔を上げて、まっすぐに彼を見つめてきた。

「あなたの事、諦めようとしたわ。あなたに嫌われる前に、自分からあなたのもとを

去った方がいいと思った。でもね、やっぱり私はあなたが好きなの。両親に何と言われようと、あなたにどう思われようと、私、あなたについていきたい」

頬を染めて、涙ぐみながらそう言う。

そんな彼女を見ていると、愛しさがこみ上げてきた。

ああ、やっと分かった。今、自分が何と言うべきなのか。

爽は力を込めて、彼女を抱き締めた。

「僕も君が好きだよ。結婚しよう」

彼女の手から旅行鞄が滑り落ち、伸ばされた彼女の両手が、爽の背中を受け止める。

爽の肩に顔を埋めて、彼女は小さな声で言った。

「はい」

彼女の顔にようやく笑みが浮かんだ。


しばらくしてM市行きのバスがやって来ると、二人はしっかりと手をつなぎ、バスに乗り込んだ。

恋人たちを乗せたバスが走り出す頃、どこからかオルゴールの音が聞こえてきた。

「あら、どこから聞こえるのかしら?」

半分ほど開けられた窓の外へ向かい、彼女が不思議そうに耳を澄ます。

濃淡になって折り重なる緑の間を縫うように、オルゴールの澄んだ音色が鳴り響いていた。

「綺麗な音。これ、『月の光』ね」

「そうだね」

「本当にいったいどこから聞こえるのかしら？　変よね、こんな誰もいない山の中で。建物だって一つもないのに」

音色の出所を思い浮かべて、爽は思わず破顔した。

先ほどの奇妙な店、きっとあそこからに違いない。

「あのバス停から見えなかったかい？　ほら、向かいにあった細い林道の先」

「え？」

「だから、林の奥に小さな建物があったじゃないか。赤いレンガ造りの」

彼女はただただ首を傾げる。

「何を言っているの？　林道なんてどこにもなかったわよ。バス停の前は、何もなかったじゃない。ただ周りと同じような山の景色が広がっているだけだったわ」

苦笑いしながら彼女が言うと、爽は少しだけ目を見開いた。

ゆっくり後ろを振り返るが、当然ながら、あの小さなバス停も今はもう見えない。

木々はどんどん後ろへ遠ざかって行く。

いったいどういう事なのだろう。

あの『猫目堂』という名の店は確かにあったはずだ。

彼女が嘘をついているとは思えないが、あれが夢だったとも到底思えない。その証拠に、オルゴールはちゃんと彼の手の中にある。

「どうかしたの？」

心配そうに声を掛けられて、爽は静かに首を振った。

「いや、何でもないよ」

爽は優しく彼女に笑いかけ、目を閉じてオルゴールの音色に耳を傾けた。

それはあたかも天上の音楽のように、静かに深く遠く、いつまでもどこまでも流れていくのだった。

ダンデライオン　―6 years ago―

レンガ造りの小さな建物の前に、十歳くらいの少女が一人で立っている。思い詰めたような顔で、赤いレンガの壁を見上げる。

自分の背丈よりうんと大きな木の扉。上半分にステンドグラスが嵌め込んであり、この建物とそっくりなレンガ造りの家の前に黒猫が一匹で座っているデザインだ。黒猫の足元にはハンドルのついた小箱が置いてあるのだが、いったい何の箱なのかは少女には分からない。小箱の中から音符が流れ出ているようだから、ひょっとしたら楽器なのだろうか。

そのまま思い切り背伸びをして顔を上げると、上の方に素朴な木の看板が掛けてあるのが見えた。

「あった。『喫茶・雑貨　猫目堂』、ここで間違いないよね」

少女は少しためらいながら、木の扉にそっと手をかけた。

カランカラン……

ドアベルの音がして、遠慮がちに扉が開けられる。

少女は店内に足を踏み入れると、物珍しそうにきょろきょろと周りを見回した。

「いらっしゃいませ」

綺麗な顔をした若い男が二人、カウンターの中から声を掛けてくる。

二人の店員は、いつもと変わらない笑顔で、その小さなお客を迎えた。

「ご注文は何になさいますか？」

そう訊かれて、少女はゆっくりとカウンターに近づく。探るように店員たちの顔を見比べてから、慎重に口を開いた。

「はじめまして。私は白石一花《しらいしいちか》といいます。あなたたちは、ラエルさんとカイトさんですか？」

いきなり尋ねられて、二人は少し驚いたように顔を見合わせる。

果たしてこの少女と以前に会った事があるだろうか。何故自分たちの名前を知っているのだろう。

戸惑う二人の様子を見て、一花は訝《いぶか》しそうに眉根を寄せた。

「あの、ここ『猫目堂』ですよね？」

「ええ。そうですよ」

金髪の店員――ラエルが優しい口調で答える。

一花はぱっと顔を輝かせた。

「ああ、良かった。せっかく教えてもらった通りに来たのに、お店を間違えたのかと思っちゃった」

安心したように息を吐いてから、一花は自分がどうやってここへ来たのか二人に説明した。

「昼の空に浮かんでいる月の方向へ、ひたすら歩いて来たんです。迷わずまっすぐ進んでいけば大丈夫って聞いていたので、ずっと白いお月さまだけ見ながら歩いて来ました」

「ずいぶん長い旅をしてきたようですね」

感心したようにラエルが言うと、一花は嬉しそうに笑った。

「一人でこんなに遠くまで来たのは初めてだったから、無事に辿り着けるか分からなくてドキドキしちゃいました」

「それは疲れたでしょう。とりあえず座ってください」

「はい。ありがとうございます」

一花は素直に従った。

「どうぞ」

カイトが、カウンター席に腰掛けた一花に、温かいカラメルミルクを差し出す。

再び礼を言ってから、一花はカラメルミルクを一口飲んだ。口の中にふんわりとした甘みと香ばしさが広がっていく。

「ごめんね。ちょっとお砂糖を焦がし過ぎちゃったかな？」

「ううん、そんな事ない。とっても優しくて懐かしい味。これ、お母さんがよく私に作ってくれたのと同じだ」

一花の目が嬉しそうに細められる。

笑顔のまま一花は静かに話し出した。

「私が住んでいた家に、大きなムク犬がいるんです」

「お名前は？」

「ティオ。私が生まれるちょっと前から家にいたから、もう十三歳のおじいちゃん犬。でも私、ティオが大好きだった」

一花と犬のティオは大の仲良しだった。

一花が赤ん坊の頃から、ティオはまるで兄のように父親のように彼女の面倒を見ていた。

一花もティオが大好きで、二人はいつもどんな時も一緒だった。

「ティオーー!!」

どれほど遠く離れていても、名前を呼ぶと、ティオはいつも全速力で一花のもとへと駆けて来た。一花に飛びつき、千切れんばかりに尾を振る。

そんな時は、一花も力いっぱいティオを抱き締めた。

特に二人が好きだったのは、よく晴れた日のお散歩。近くの土手にタンポポが群生している場所があって、春になると毎日そこへ出かけて行った。

タンポポ畑の中に座り込んで、一花はティオのために花を編む。ティオはその傍らで、暖かい日差しを受け、気持ち良さそうにうつらうつらと眠り込む。

しばらくすると、

「ほら、ティオ。すごく似合ってるよ」

出来上がった花環《はなわ》を、一花はティオの首にかけてはしゃいだ。

「ティオは毛色が白いから、黄色いタンポポがよく似合うね。ティオ、可愛いね」

一花が笑顔で言うのに対して、

「ワンワン」

尻尾を左右に振りながらティオが応える。

一花が笑えばティオも喜び、一花が泣いている時は黙って傍にいてくれた。二人はいつも一緒で、決して離れる事はなかった。

一花もティオも本当に幸せだった。

だが、そんな幸せな日々は、ある日突然消えた。


病院のベッドの上で、一花はぼんやりと窓の外を眺めていた。

毎日毎日、目に入るのは白い壁と白い天井と、小さな窓から見える外の景色だけ。病院の駐車場と少しばかりの植え込み、季節が変わっても何も変わらない。あのタンポポ畑のある土手もここからは見えない。

「ちょっとの間入院するだけ。風邪みたいなものだから」

お医者さんと母親はそう言っていたのに、入院してからもう三か月が過ぎていた。

母親が毎日つきっきりでいてくれるし、父親も会社が終わると必ず病院へ寄ってくれる。学校の友達だってしょっちゅうお見舞いに来てくれて、一花のいる病室はいつも賑やかだ。寂しさなんて感じないはずだった。

けれど一花は、とてもとても寂しかった。誰よりもティオに会いたかった。

いったいいつになったら退院できるんだろう。いったいいつになったらティオに会えるんだろう。

そんな事ばかり考えていた。

「ねえ、いっそ、ティオをここに連れて来てよ」

耐えられなくなって母親に頼んでみたが、病室に動物を連れて来るわけにはいかないと諭された。

それでも諦めきれずに、どうしてもティオに会いたいと駄々をこねると、母親はすっかり困り果てて医者に相談した。そして、特別に病院の中庭でなら犬と一花を会わせてもいいという許可をもらったのだった。

一花はそれを聞いて大層喜び、久しぶりに心からの笑顔を見せた。


「ティオー！」

体力を消耗しないよう車椅子に乗せられた一花が呼ぶと、ティオは一花をめがけて一目散に駆けて来た。

嬉しくてどうしようもないと言わんばかりに、狂ったように激しく尻尾を振っている。それでも足りずに、一花の手や顔を舐めまわした。

「ティオ、ティオ、くすぐったいよ」

一花がキャッキャッとはしゃいだ声を上げる。そんな声を聞くのは入院して以来初めてだったので、一花の両親も付き添いの看護師もほっと胸を撫で下ろした。

久しぶりに再会できて、一花もティオも嬉しくてたまらなかった。

楽しい時間はあっという間に過ぎ、別れの時刻が近づいていた。

「ねえ、もう少しだけ。もう少しだけでいいから、ティオと一緒にいさせて」

「一花、いい子だから聞き分けて。最初に先生と約束したでしょう？　外に出ていいのは二時間だけって」

母親の言葉に、一花は悲しそうに俯く。

すると、一花を励ますように、ティオが彼女の手をそっと舐めた。

「クゥーン」

焦げ茶色の瞳が、心配そうに一花の顔を覗き込む。

一花はティオの頭を撫でると、何とか笑顔を作った。

「ティオ、心配かけてごめんね。大丈夫、もう我儘《わがまま》は言わないよ」

「キューン」

「ねえ、ティオ、退院したら真っ先にタンポポ畑に行こうね。もうすぐ春だもん、黄色いタンポポがいっぱい咲くよ。それまでには絶対に退院するから。またティオと一緒にお散歩できるように、私、頑張るからね」

「ワン」

一花はティオの体を強く抱き締めた。

コトリ。

カップを置く小さな音に、ラエルとカイトは静かに顔を上げた。

そんな二人をまっすぐに見つめながら、

「ティオはずっと私を待っているんです」

そう一花は言う。

「私が帰って来るのを、そして一緒にタンポポ畑に行くのを、ティオはずっとずっと待ち続けてくれているんです」

一花の瞳に大粒の涙が浮かぶ。

その涙を、カイトが指先でそっと掬《すく》い上げた。

「大丈夫」

縋るような視線を向けてくる少女に、カイトはそう言って柔らかく微笑んだ。

＊

白い壁の小さな一軒家。その庭先に使い込まれた犬小屋があり、年老いた大きな犬が一匹寝そべっている。

家の中から女性が出てきて犬に近寄る。声を掛けても、犬は微動だにしない。

そばにある水入れにも餌入れにも手をつけた様子はなく、女性は何度も大きなため息を吐いた。

「お願いだから、少しでも口に入れて頂戴。このままじゃ、あなたまでどうにかなってしまうわ」

しかし犬からは何の反応もない。まるで死んだようにその場に蹲《うずくま》っている。時折、尻尾の先が僅かに動くので、女性の声が聞こえていないわけではないらしい。

「お水とご飯を新しいのに代えておくから、少しでもいいから食べてね」

女性はそう言い残して、名残り惜しそうにその場を立ち去る。

犬はやはり動かない。

水も餌も何ひとつ彼の目にはまったく映っていないようだった。ただ虚《うつ》ろな目でぼんやりと自分の足元の地面を見つめている。

まるで何もかもどうでもいいと思っているようだった。

その時――、

「ティオ」

微かな声に、犬はびくりと反応した。

さっと顔を上げ、耳を忙《せわ》しなく動かして、声のした方向を探る。

だが特に何も見えない。気のせいだったのかと思い、再び地面に伏せようとした時、

「ティオ」

もう一度、懐かしい声が犬の名前を呼んだ。

犬は慌てて立ち上がると、声の聞こえた方をめがけて走り出した。

「ワンワン」

犬は夢中で走っていた。

走りながら尻尾を無茶苦茶に振り続け、それでも足りなくて飼い主を呼び続ける。

「ワンワン。ワンワン」

（どこにいるの、君。名前を呼んで。僕の名前を呼んで。そうしたら、僕は君のもとへ駆けて行くから）

「ワンワン。ワオーン！」

犬が訴えるように鳴き声を上げる。それに応えるように、また声がした。

「ティオ」

先ほどよりはっきりと声が聞こえてきた。

声を頼りに犬は走り続け、その場所へと向かう。

もう迷わなかった。どこへ行けばいいのか、犬には分かっていた。

息を切らせて辿り着くと、黄色いタンポポに囲まれて、大好きな少女が両手を広げて笑っていた。

「ティオ!!」

「ワゥン！」

勢いよく飛び込んできたティオの体を、一花は思い切り抱き締めた。

ティオは力の限り尻尾を振り、一花の顔中をぺろぺろと舐める。嬉しくて嬉しくてどうしたらいいか分からない。そんな感じだった。

全身で喜びを表すティオの背中を両手で撫でながら、

「お前、ずいぶん痩せたね」

一花は悲しそうに顔を曇らせる。

大好きな一花にそんな顔をさせてしまい、ティオは胸が締め付けられるような気持ちになった。

途端に耳と尻尾を下げて、キューンキューンと鼻を鳴らす。

（お願いだから、そんな顔をしないで。僕はずっと君に会いたかったよ。君の笑った顔が何よりも見たかったんだよ）

そう一花に伝えたいのに。一花に笑ってほしいのに。ティオの言葉は一花には伝わらない。

（ああ。どうしたら君に僕の気持ちを届けられるんだろう）

せっかく大好きな一花が傍にいるのに、ティオにはどうする事も出来ない。もどかしくて堪らなくて、ティオはますます鼻を鳴らした。

するど、

「大丈夫だよ」

優しい声とともに、何かがふわりとティオの額に触れた。

ティオが顔を上げると、見知らぬ黒い髪の青年が、にっこりとティオに微笑みかけていた。

少しだけ警戒するように見上げるティオに、青年は手を伸ばし、黄色いタンポポの花を一輪、ティオの首輪に差し込んだ。

「さあ、これでいい。ティオ、話してごらん」

青年に促されて、ティオはおそるおそる口を開いた。

「お願い、だから、泣かないで」

ティオの口から漏れた言葉に、一花は驚いてティオを見つめた。

ティオはじっと一花を見つめると、彼女の頬にぐいぐいと額をこすりつけた。

「君とまた会えて、僕は本当に嬉しい。ずっと君に会いたかった、ずっと君を待っていた」

「ティオ」

一花は痩せこけたティオの背中を、ありったけの愛しさを込めて撫で続ける。

その手はとても優しく温かくて、ティオは尻尾を振りながら、気持ち良さそうに目を閉じた。

「君がいなくなってしまってから、ずっと寂しかったよ。やっと戻って来てくれたんだね」

「ティオ……」

一花はティオの首に抱きついて、白い毛並みに顔を埋めた。

老犬とは思えないほど艶があって美しかったはずのティオの毛並みが、今はこんなにぱさぱさになり、痩せこけた体と相まって、ますます一花を悲しくさせた。

離れている間、ティオはどれだけ一花の事を思い、どれだけ一花の事を待ちわびていたのだろう。こんな姿になるまで、ずっと。

一花はティオを心から愛しいと思った。

それなのに、そんなティオに向かって、これからとても残酷な言葉を言わなければならない。それはとても辛い事だった。

「ティオ、よく聞いてね。私は、ティオにお別れを言いに来たんだよ」

「お別れ？　どうして？」

焦げ茶色の瞳が、無邪気に聞き返す。

ティオへ言い聞かせるように一花は言う。

「ティオも分かってるでしょ？　私はもう死んだの。だから天国へ行かなくちゃならないの」

一花の言葉を聞いた途端、ティオは笑った。

「じゃあ、僕も君と一緒に行く」

一片の迷いもなくティオは言った。

まるではじめからそう決めていたように。

一花は悲しく首を振った。

「そんなの駄目だよ」

ティオは相変わらず無垢な瞳のまま、涙に濡れた一花の顔をまっすぐに見つめた。

「どうして駄目なの？　僕、死ぬのなんてちっとも怖くないよ」

またしても迷いなくそう言う。

だが一花も必死だった。

「ティオ。ティオは私が死んで、ご飯も食べられないくらい悲しかったんでしょ？　だからそんなに痩せてしまったんだよね。私も同じだよ。ティオが死んだらすごく悲しいよ。悲しくて何も出来なくなるよ」

「でも僕はもうこんな年寄り犬なんだよ。どうせあと何年かしたら死ぬんだ。だから今死んだって同じなんだよ」

いかにも何でもない事のようにティオが言うと、

「それは違うよ、ティオ！」

一花は思わず大きな声を上げた。

突然怒鳴られて、ティオはすっかり驚いてしまったが、一花は構わずにさらに言う。

「ティオ、私は最後まで頑張ったよ、諦めなかったよ。ティオともう一度一緒に走りたくて、最後まで生きようとしたよ。だからティオもそんな悲しい事を言わないで。生きる事を諦めないで」

「でも……」

ティオは困ったように首を傾げて、ひたすら少女を見つめる。

耳を下に垂らして項垂れる姿は、何だかひどくちっぽけで頼りなく見えた。ずっと兄のような父親のような頼りがいのある存在だったティオが、今は幼い子供のように思える。

そんなティオを、一花は強く抱き締めた。一生懸命心を込めてティオに語り掛ける。

「約束するから。いつかティオが本当に天に召される日が来たら、その時は私がティオを迎えに来るよ。それまでティオの事、ずっとずっと天国から見ているよ」

一花のその言葉に、ティオの焦げ茶色の瞳から大粒の涙が零れ落ちた。

涙は後から後から溢れ出して止まらない。遠吠えのように声を上げて、ティオは泣き続ける。

一花はティオの背中を、赤ん坊でもあやすようにぽんぽんと叩いた。

「ティオ、大好きだよ」

愛しそうに頬擦りしながら、ティオの耳元に囁きかける。

「お願いだから、元気で長生きしてね、ティオ。私はいつもティオのことを見守っているからね」

そう言った一花の瞳からも涙が零れて、ティオの乾いた鼻を優しく濡らしていった。

カタン。

庭で小さな物音が聞こえて、家の中から女性が出てきた。

慌てて犬小屋に近づくと、そこに愛犬の姿を見つけて、安心したようにほっと息を吐いた。

「お前、どこに行っていたの？　心配するじゃない」

女性は手を伸ばして犬の頭を撫でた。犬の尻尾がゆらりと揺れる。

「あら？」

女性は驚いて、犬の傍にしゃがみ込んだ。

犬は餌入れに鼻を近づけると、ふんふんと鼻を鳴らし、それからおもむろに口を動かし始めた。

それを見た途端、女性の顔に何ともいえない微笑が浮かぶ。

「良かった。お前、やっと食欲が戻ってきたのね」

女性はそう言って、愛しそうに犬の背中を撫でた。何度も何度も丁寧に。

犬はゆるゆると尻尾を振りながら、ゆっくりと、でも確実に餌を噛んで飲み込んでいる。

犬の首輪には、黄色いタンポポの花が挿してあった。

＊

「ティオ、本当に良かった」

一花は安心したように笑い、静かに席を立った。

ラエルとカイトは無言で見送る。

一花は扉の前で一度だけ二人を振り返ると、

「ありがとう」

にっこりと笑いながら店を出て行った。

後にはただ静寂が漂うだけで、そこに少女がいた事さえ夢だったように感じられる。

カイトは、一花が出て行った扉をぼんやりと見つめていた。琥珀色の瞳が何かを求めるように揺らめいている。

ラエルは手を伸ばして、そっとカイトの頭を引き寄せた。

「泣いてもいいんだよ、カイト」

優しく言われて、カイトは甘えるようにラエルの肩に額を押しつけた。

「ごめん。俺、まだ全然ダメだね。ラエルに迷惑ばかりかけてる」

「そんな事ないさ。初めはコーヒーだってまともに淹れられなかったんだから、それに比べたらずいぶん成長しているよ」

大真面目な顔でラエルがそう言うので、カイトは思わず苦笑いする。

「それで励ましているつもりなの？」

それから、独り言のように小さな声で呟いた。

「ねえ。俺のあの子も、いつか俺に会いに来てくれるかな？」

ラエルはこの上なく優しい笑顔で、

「ああ、勿論だとも」

カイトの頭をくしゃくしゃと撫でた。

誰よりも一番大好きだよ。
たとえ君が何であろうとも。
どんなに遠く離れても、ずっとずっと君を想っている。
君がいれば強くなれる。君がいるから優しくなれる。
君にかかわるすべてのものが、こんなにも愛おしい。
君は何より大切な、かけがえのない存在。

Dear friend　―5 years ago―

一人の少女が、春風を切るように自転車を漕いでいた。

手には携帯電話を持ち、ハンドルを片手に、もう片方の手で忙しなく指を滑らせながら、小さな液晶画面に見入っている。片手で素早く携帯電話を操作するのは、女子高生の彼女にとって造作もない事だった。

毎朝通る同じ道、使い慣れた携帯電話。

それは、いつもと変わらない朝で、彼女の行動もいつもとほとんど同じで。特に気に掛ける事なんて何ひとつなかったはずだった。

だから、彼女は気付かなかった。いつも通る通学路にある横断歩道の信号機が点滅をはじめ、ずっと後ろの方から、一台の車が猛スピードで迫っていた事など。

彼女はまったく気が付いていなかったのだ。

歩行者用の信号が完全に赤に変わった事も。迫ってきた車が慌てて左折しようとして、携帯電話に文字を入力しながら赤信号を渡っていた少女に驚いて、クラクションを鳴らしながら急ブレーキを踏んだ事も。

運転手が驚愕の表情でハンドルを切って、車が道路脇の植え込みに突っ込んで。

それでも間に合わなくて、少女の体が自転車ごと宙高く舞う。通行人が悲鳴を上げる。

それなのに、彼女には分からなかった。

最後に見たのは、携帯画面の中で笑っている可愛いクマのスタンプと、ぐらりと歪んだ視界。ただ、それだけだった。


「ここ、どこ？」

絵梨香《えりか》は目の前に広がる風景に唖然とした。

彼女が立っていたのは、見た事もない小さなバス停で、周りは深い山の中。ビルも、店も、民家の一つも見当たらない。

さっきまで自分が見ていた通学路とも、自分が住む家の近所とも、あまりにもかけ離れているその景色に、ただただ呆然と立ち尽くす。

「は？　え？　ちょっと待って」

絵梨香は必死に考えを巡らせた。

今朝、いつものように時間ぎりぎりに目を覚まして、慌てて身支度をしながら階下

に降りていくと、これまたいつものようにすでに父親の姿はなく、

「たまには朝ご飯ぐらいちゃんと食べなさい」

という母親の代わり映えのしない小言を聞きながら、急いで玄関を飛び出した。

自転車に鍵をさして、最初の角を曲がった所で、思い出したように制服のポケットから携帯電話を取り出す。朝起きてすぐにチェックするのを忘れていた事に今更ながら気付いたのだ。予想通り、深夜のうちにメッセージが何件も届いていた。

少し鬱陶《うっとう》しく思いつつも、自転車を漕ぎながら、メッセージの内容を確認する。どうでもいいものばかりなら無視してもよかったのだが、一件だけ、いつもとは違う内容のものがあった。仲の良い友達同士のグループライン。まだ返信していないのは絵梨香だけだ。

慌てて返信のメッセージを打っていく。

自転車を運転しながら携帯電話をいじるのは良くないと分かっていたが、ほんの少しなら大丈夫だろう。通い慣れた道は、目を閉じていてもどこに何があるか分かるぐらいだ。だから大丈夫、何て事ない。そんな風に思っていた。

そう。それは、いつもと大して変わらない普通の朝だった。

それなのに、どうして今、自分はこんな所にいるんだろう？

絵梨香は奇妙に思いながら、途方に暮れたように辺りを見回した。

やはり何度見ても、いま自分がいるのは正真正銘立派な山奥で、どうにも見覚えのない場所だ。片手に握ったままだった携帯電話の画面には、思い切り『圏外』と表示されている。

「ヤバイよ。絶対遅刻じゃん。て言うか、『圏外』なんて、マジあり得ないんだけど」

そんなつぶやきさえ空《むな》しくなるほど、本当に人の気配などまるでない。それどころか、動物や鳥の声さえしない。

少し心細くなりながら、バス停の時刻表を見つめた。

しかし、

「そもそも、どこ行きのバスに乗ったらいいのか全然分かんないよ」

あっさり匙《さじ》を投げると、絵梨香はバス停の横にある小さな木のベンチに腰掛けた。

唇から盛大なため息がもれる。

そのまま何気なく視線を走らせると、林の向こうにレンガ造りの壁のようなものが見える。

よくよく目を凝らしてみると、バス停の向かいに細い林道があり、その奥に小さな建物があるらしかった。

「もしかして、誰かいるの？」

絵梨香はふらふらと立ち上がると、藁《わら》にも縋る思いで、その建物に向かって歩き始めた。

辿り着いたのは、深い緑に囲まれるように建っている赤いレンガ造りの小さな建物。目の前にある大きな扉は分厚い木製で、上半分にステンドグラスが嵌め込まれている。この建物とそっくりなレンガ造りの家の前に一匹の黒猫が座っていて、黒猫の足元にはハンドルのついた小さな箱——たぶんオルゴール——があり、四つ角の一つに黄色いタンポポが描かれていた。何だか中途半端な絵柄だ。

扉の脇にはオリーブの鉢植えが置いてあり、建物の周りには色とりどりの花が咲いている。花に詳しくない絵梨香には、パンジーとチューリップ以外の種類は分からなかったが、優しい色合いの香りの良い花ばかりだ。

まさしく子供の頃に読んだ童話かおとぎ話にでも出てくるような雰囲気だった。

顔を上げて見れば、扉の上に素朴な木の看板が掛けてあり、『喫茶・雑貨　猫目堂』と書かれている。

「何か胡散《うさん》臭いなぁ」

そう思うものの、ほかに行く当てもない。

仕方がないので思い切って扉を開ける事にした。

カランカラーン……

扉を開けた途端、ドアベルの澄んだ音色が響いて、絵梨香はその音に驚いて足を止めた。

同時に、清潔な空気とコーヒーの良い香りが漂ってくる。

入り口に突っ立っている彼女に向かって、

「いらっしゃいませ」

目鼻立ちの整った若い男が二人、カウンターの中から笑顔で声を掛けてくる。一人は金髪、もう一人は黒髪。二人とも背が高く、黒髪の方は二十代前半で少しやんちゃな感じ、金髪の方は三十歳くらいで落ち着いた大人の雰囲気を漂わせている。

（うわ！　二人ともめちゃくちゃカッコいい!!）

年頃の女の子らしいときめきを覚えながら、絵梨香は思い切ってカウンターへと近寄って行った。

店内にはほかに三人のお客――年配の優しそうな紳士と、インテリ風の美人と、可愛い顔をした小さな子供――がいたが、誰も絵梨香を気にかける様子はない。

「あの……」

様子を窺うように声を掛けると、

「はい。ご注文ですか？」

黒髪の店員が、愛想よくにこりと笑う。

またしても胸が高鳴るのを感じながら、それを悟られないよう冷静な口調でその店員に尋ねた。

「すみません。ここ、どこですか？」

黒髪の店員も、金髪の店員も、驚いたように絵梨香を見つめた。

美形二人にまじまじと見つめられて、恥ずかしさのあまり、絵梨香の頬がみるみる赤く染まっていく。

（そうだよね。こんな馬鹿な質問したら、呆れられるに決まってるじゃない）

絵梨香はますます顔を赤らめながら俯いた。

（やだ。絶対「こいつ馬鹿だ」って思われてる）

しかし、そんな彼女に、金髪の店員は優しく声を掛けた。

「どうやら、道に迷われたみたいですね」

「え？」

はじかれたように顔を上げると、二人の店員は相変わらずにこにこと微笑んでいる。

ためらっている絵梨香に、二人してカウンター席に座るよう促す。

「良かったらどうぞ。あ、サービスだから心配しないで」

黒髪の店員がそう言って、温かいミルクティーの入ったミモザの柄のカップを差し出した。

「わあ、いい香り」

思わず感嘆の声を上げると、

「お気に召していただけましたか？」

金髪の店員が柔らかく問いかけてきた。

「あ、はい。とっても美味しいです。でも何だろう、この香り。普通の紅茶とは違いますよね」

「茶葉はアールグレイを使用しています。ベルガモットの香りが強いですが、ミルクとはとても相性が良いのです」

「へえ、アールグレイか。何だか大人な感じ」

絵梨香が言うと、店員の二人は声を上げて笑った。

どれくらい時間が経っただろう。

絵梨香はすっかりくつろいで、二人の店員と親しく話していた。

「じゃあ、ラエルさんとカイトさんは、二人でこのお店を経営してるんですか？」

「うん、そう」

黒髪のカイトが頷く。

「ふーん。お店始めたの、最近でしょう？」

「いえ、けっこう長くやっているんですよ」

金髪のラエルは相変わらず丁寧な口調を崩さない。

「へええー。二人とも若いのに凄いなあ‼」

感心したように言うと、二人はおだやかな微笑をもらす。

絵梨香はぐるりと店の中を見回した。木製の飾り棚には高そうなカップやグラスが並び、大きなガラス張りのショウケースの中にある雑貨もアンティークっぽくて高価そうに見える。テーブルに置かれた花びらの形のランプは、いつだったかテレビで見た『アール・ヌーヴォー』というものと似ていた。

次に窓の外へ目を向ける。色とりどりの緑が幾重にも重なってパッチワークのようだ。そのずっと先に、あの小さなバス停が見え隠れしている。

「でもなんか勿体ないなぁ。こんな山奥で営業してないで、もっと都会の、人が多い場所でやればいいのに」

「そうですか」

「そうですよー。二人ともすごくカッコイイから、女の子のお客さんが毎日いっぱい来ますよ」

屈託なく提案してみたが、二人は曖昧に笑うだけだった。

ミルクティーのおかわりを出しながら、カイトが何気なく絵梨香に尋ねた。

「ところで、時間は大丈夫？」

「ああ、もう、全然平気です。超余裕ですよ」

つい女子高生らしい話し方をしてしまい、カイトに苦笑される。

「ご両親とかお友達とか、君の事を心配していないかな？」

「うーん。だって携帯は圏外だし、連絡しようがないですからね。それに、どっちにしたって、誰も私の心配なんてしてませんよ」

絵梨香が明るい口調で言うと、カイトは不思議そうに首を傾げた。

「きっと、みんな心配しているよ」

「そんな事ないですよー。全然ない、あり得ない」

きっぱり否定すると、カイトはちょっとだけ眉根を寄せる。

「どうして？」

「だって、父親は毎日仕事仕事で家の事なんか気にもしないし。私、父親と最後にまともに喋ったのなんて、もう二か月も前なんですよ。同じ家に住んでるのにあり得なくないですか？　母親は母親で、人には口うるさくお説教するくせに、自分は友達と食べ歩きばっかかしてて、私が家に帰ったってほとんどいないんですから。それに、『友達』なんていったって、所詮高校の間だけ、それも学年が変わってクラスが違ったら離れちゃうような薄い付き合いですもん。まして大学なんか行ったら、自然消滅していつの間にかサヨナラって感じ。みんな、そんなもんですよ」

わざと軽い口調で言って、笑ってみせる。カイトの琥珀色の瞳が悲しそうに曇った。

「そんな事ないよ。みんな、今頃すごく君を心配してると思うよ」

カイトが言うと、絵梨香は煙たそうに顔を顰《しか》める。

カイトが更に何か言おうとするのを、ラエルがやんわりと押しとどめた。

一瞬、しらけた空気が漂う。

だが、

「誰も、私を必要としている人なんかいない」

無意識のうちに、そんな言葉が口から零れた。

カイトもラエルも、何も言わずに、ただじっと絵梨香を見つめている。

絵梨香はきゅっと唇を噛むと、もう一度、今度ははっきりした声で言った。

「家でも、学校でも、どうせみんな自分の事しか考えてないもん。親も、友達も、私の事なんてどうでもいいの。私なんか、このままいなくなったって、誰もちっとも悲しまないし、何も感じたりしない」

二人ともやはり何も言わない。

黙っている二人に向けて、絵梨香は無理に笑顔を作ってみせる。

「ごめんなさーい。何だか暗くなっちゃいましたね」

笑って流そうとしたのだが、カイトが近づいてきて、絵梨香の手の上にそっと手を重ねた。

「どうでもよくなんかないよ。君は、とても大切だよ。ご両親にとっても、お友達にとっても」

一瞬、絵梨香は泣きそうに顔を歪めたが、それを誤魔化すために乱暴にカイトの手を払った。

そのまま、怒りのこもった声でカイトとラエルに噛みついた。

「分かった風に言わないでよ。親や友達がいったい何の役に立つって言うの？　みんな自分勝手で、お互いに都合のいい時だけ人を利用しているだけじゃない」

「どうしてそう思うの？」

「だって、そうなんだもの。お父さんも、お母さんも、みんなも、——それに、都子《みやこ》だって!!」

口にしてしまってから、はっとしたように顔を強張《こわば》らせる。

自分でも思っていなかった名前が飛び出して、その事に絵梨香自身が驚いた。

「都子さん？　君のお友達？」

おだやかに問われて、絵梨香は激しく否定した。

「違う。あんな奴、友達じゃない！」

「でも……」

「違うったら違う！　私は親友だと思ってたのに、都子は私を裏切ったんだもん。あんな奴、親友なんかじゃない！」

不覚にも涙が出てしまう。

カイトがもう一度手を差し伸べてきて、そのままゆっくり絵梨香の髪を撫でた。

優しいぬくもりに戸惑いながら、それでも今度は、カイトの手を払おうとはしなかった。

カイトの手に触れられていると、だんだん気持ちが落ち着いてくるような気がした。不思議に心地好かった。

絵梨香は静かに目を閉じた。

カイトはそんな絵梨香の髪を、ただ優しく撫で続けている。

ひとしきりそうした後、おもむろにカイトが言った。

「君に見せてあげる。今の君に見えていない、たくさんのものを」

「え？」

カイトの言葉に、絵梨香が驚いて目を開けると、視界が蜃気楼《しんきろう》のようにゆらゆらと揺れた。

「絵梨香、目を覚まして、絵梨香‼」

自分を呼ぶ声が聞こえて、絵梨香はぼんやりと視線を動かした。

声のした方を見ると、大きなガラス窓の前で、父親と母親が手を取り合って泣いている。

「しっかりしろ、絵梨香！　頼むから、目を覚ましてくれ！」

「がんばって、絵梨香‼」

周囲の目も気にせず、泣きながら大声で叫んでいる。今までに一度も見た事がないような父親と母親の取り乱した様子。

大の大人が人前であんなに大っぴらに泣くなんて恥ずかしくないのだろうか。

そんな両親の姿を、絵梨香は信じられない思いで見つめていた。

「お父さんも、お母さんも、いったい何してるの？　狂ったように、何を怒鳴っているの？　私はここにいるよ」

そう両親に話し掛けたのだが、二人とも聞こえていないようである。こちらへは目もくれず、ガラス窓の向こう側に必死に声を掛け続けている。

「絵梨香！　そばにいるからね。ずっとそばにいるからね」

「絵梨香、目を開けろ。頼むから！　お前がいなくなったら、お父さん、いったい何のために頑張ればいいんだ」

絵梨香は気味悪そうに両親を見つめ、ガラス窓の向こう側、両親が見ているものを見た。

そして愕然とした。

ガラス窓の中は集中治療室。体中に何本もチューブを取り付けられ、青ざめた顔で横たわっている自分自身の姿があった。その周りでは、白衣を着た人たちが、慌ただしく行ったり来たりしている。

「何、これ？」

驚愕しながら、変わり果てた自分の姿を見つめると、慌ててカイトを振り向いた。

「ねえ、どういう事なの？　あの私は何⁉」

パニックに陥りそうな絵梨香とは逆に、カイトは静かな口調で答える。

「あれは、君の体。つまり、君自身だよ」

「嘘！　だって私、ここにいるじゃん。何でみんな分かんないの？」

絵梨香の体がガタガタと震え始める。こんな状況なのに落ち着き払っているカイトがだんだん恐ろしく思えてくる。

「今の君の姿は誰にも見えないんだよ。君の体は、今あそこにあるんだから」

「何で？　私の体、どうしてあんな所にあるの⁉」

「覚えてないの？　君は今朝、登校途中に交通事故にあって、救急車でこの病院に運ばれたんだよ。お父さんとお母さん、それに君のお友達も、連絡を受けてすぐに病院へ駆けつけたんだ」

カイトの説明に、絵梨香はもう一度両親の方へ視線を戻した。半狂乱で泣き喚く両親の後ろで、クラスメイトの何人かが、祈るように両手を握り締めて泣いている。

壁にかかった時計は、夕方の時間を示していた。

事故があったのが登校途中なら、あれから相当長い時間が経っているはずなのに、両親はともかく、友達の誰一人その場を離れようとはしない。皆で口々に絵梨香の名前を呼び、意識のない絵梨香にひたすら語りかけている。まるで皆で呼び続ければ、絵梨香が目を覚ますと信じているかのように。

そんな両親や友達の姿を見て、絵梨香はなんだかとても奇妙な気分になった。自分の事のはずなのに、映画でも見ているように現実感がなく、まるで他人事のようだ。

けれど、あそこにいるのは確かに自分自身で、どう見ても重傷にしか思えない状態だった。

「ねえ、私、死ぬの？」

誰に問うともなく呆けたように尋ねると、

「いいえ。あなたは生きるのよ、絵梨香ちゃん」

いきなり、見知らぬ少女が目の前に現れた。

「誰？」

絵梨香が驚いて尋ねる。

少女はにっこり微笑みながら、絵梨香にクマのぬいぐるみを差し出した。

「やっぱり私の事なんて忘れちゃった？」

「え？　これ……」

絵梨香は不思議そうにクマのぬいぐるみを受け取ったが、ぬいぐるみの足に入った『M』の字の刺繍を見つけて、あっと声を上げた。これは、だいぶ前に絵梨香が作ったテディベアに間違いない。贈る相手のイニシャルを足の裏に縫い付けたのも、ほかならぬ絵梨香本人なのだから。

「もしかして、都子ちゃん？　小学校のとき同級生だった、あの都子ちゃん？」

「ええ、そうよ。ちゃんと覚えていてくれたのね」

都子は嬉しそうに笑った。

片頬にだけえくぼが出来る。その笑顔に確かに見覚えがあった。高校生にしては少し幼いように感じるが、同級生だった都子に間違いない。

「忘れるわけない。私、ずっと都子ちゃんに会いたかったんだもの」

絵梨香の言葉を聞くと、都子は途端に顔を強張らせた。

「そうだよね、絵梨香ちゃん、私の事、怒ってるよね」

「え？」

一瞬、何を言われているのか分からなかった。でも、すぐに思い出す。遠い昔、絵梨香が同級生たちにされた事を。

「あの頃の私、つまらない理由で、グループのみんなと、絵梨香ちゃんを仲間外れにしたもの」

そう。絵梨香もはっきりと覚えている。

きっかけは取るに足らない事だったのに、いつの間にかどんどん話が大きくなって、しまいにはクラス中のほとんどの女子に無視された時があった。絵梨香が何を言ってもただの言い訳としか取ってもらえず、身に覚えのない話まで広まって、学校へ行くのがほとほと嫌になった。

そんな状況でも、絵梨香は都子の事だけは信じていた。

それなのに、ある日突然、都子まで絵梨香と口を利かなくなってしまったのだ。

「私、本当は嫌だった。大好きな絵梨香ちゃんを無視なんかしたくなかった。でも、私まで仲間外れにされるのが怖くて、ついみんなと一緒になって、絵梨香ちゃんを無視してしまったの」

「うん。覚えてるよ」

絵梨香が頷くと、都子が怯えたように肩を震わせた。それでも懸命に言葉を続ける。

「ごめんね。今だったらはっきりと嫌だって言えるのに。あの頃の私は子供で、弱虫で意気地なしで。結局、大好きな絵梨香ちゃんを傷つけてしまった。本当にごめんなさい」

「都子ちゃん……」

「その事を、ずっと絵梨香ちゃんに謝りたくて。私、あれからずっとずーっと絵梨香ちゃんの事を考えてた。絵梨香ちゃんがくれたこのテディベアに、いつかもう一度絵梨香ちゃんに会わせてほしい、って毎日お願いしていたの」

都子の言葉に、絵梨香の瞳から涙が零れた。

都子をとても恨んでいたはずなのに、こうして目の前にすると、不思議と怒りは薄れていった。ただ懐かしさだけがこみあげてくる。都子と過ごした楽しい時間、それだけが鮮明に蘇ってくる。

(私だって、本当はずっと都子ちゃんに会いたかった)

それは絵梨香の素直な気持ちだった。

黙っている絵梨香に都子がもう一度言う。

「ごめんね、絵梨香ちゃん。本当にごめんね」

絵梨香は首を左右に振った。

「都子ちゃん、私の方こそごめんね」

「え？ 何で絵梨香ちゃんが謝るの？」

驚いて尋ねてくる都子に、絵梨香はちょっとばつが悪そうに俯いた。

「私、本当は、都子ちゃんを恨んでたの。無視した事にじゃなくて、都子ちゃんが、私を嫌いになったんだと思っていたから」

「嫌いになんかならないよ」

都子が慌てて否定する。

「絵梨香ちゃんを嫌いになった事なんて一度もない」

必死に言う都子に、絵梨香は俯いたまま話し続ける。

「でもね、あの頃はとてもそうは思えなかった。都子ちゃんが私を嫌いになって私から離れていったんだって思い込んでた。だから、それがすごく悲しくて、私だけが親友だと思ってたのがすごい悔しくて。でも、違ってたんだね」

「私、絵梨香ちゃんが好きだよ。今でも大好きだよ」

きっぱりと都子が言う。絵梨香は顔を上げてぎこちなく笑った。

「うん。分かった。だから、もういいよ」

「絵梨香ちゃん、私を許してくれるの？」

都子がそう尋ねると、

「うん」

絵梨香は力強く頷いた。

「絵梨香ちゃん、ごめんね。本当にごめんなさい」

泣きながら謝る都子の小柄な体に、絵梨香はぎゅっと抱き着いた。

「都子ちゃんに会えて良かった。こうして都子ちゃんの本当の気持ちが聞けて。都子ちゃんが、このクマを大事にしていてくれたのを知る事が出来て。私、すごく嬉しいよ」

「絵梨香ちゃん、ありがとう。私も良かった。絵梨香ちゃんに会えて、こうやって伝える事が出来て」

二人はお互いを抱き締めて、泣きながら笑い合った。

都子は改めて絵梨香の手にテディベアを渡すと、絵梨香の肩を掴んでその体をくるりと反転させた。

絵梨香の視界に、再び死んだようにベッドに横たわる自分の姿が入ってくる。

絵梨香は思わず狼狽《うろた》えた。

だが、そんな絵梨香に、都子は力強くこう言った。

「大丈夫、怖がらないで」

「でも……」

「あなたは死なない。絶対に死なせたりしない」

「え？　どういう事？」

絵梨香が驚いて都子を振り返ると、

「絵梨香ちゃん、生きて――」

都子はそう言ってにっこり笑い、思い切り絵梨香の体を突き飛ばした。

*

ひと月後。

絵梨香は奇跡的な回復を見せ、無事に退院した。

まだ当分はリハビリが必要だったが、日常生活にはそれほど支障がない程度になった。もう少ししたら、また以前のように高校にも通う事になっている。

両親や友達が、全面的に絵梨香を手助けしてくれている。

絵梨香はひとりぼっちじゃないのだ。大勢の人がそばにいて支えてくれている。

だから、絵梨香には何ひとつ不安などなかった。

そして――

「都子ちゃん、会いに来たよ」

両親に付き添ってもらって、絵梨香は都子のもとを訪れていた。

小学校まで住んでいた街。その一番高い丘の上にある見晴らしの良い場所に都子はいた。

「都子ちゃん」

絵梨香はそっと、都子のくれたテディベアを抱き締めた。それから、目の前の石の表面に刻まれた文字をしみじみと眺めた。

そこにあるのは、都子の名前と、三年ほど前の日付け。

「都子ちゃん……」

声を掛けるが、静寂だけが返ってくる。

いろいろ話したい事はある。でも、今伝えたいのは――。

「ありがとう」

絵梨香は呟いて、都子の大好きだったミモザの花束を、お墓の前にそっと置いた。

明るい黄色の羽毛のような花が揺れ、甘く優しい香りが風に漂う。

そう言えば、ミモザの花言葉は『友情』だった事を思い出す。それを教えてくれたのが都子だった事も。

「都子ちゃん、ありがとう」

もう一度そう言って、絵梨香はふわりと微笑んだ。

この声は都子に届いているだろうか。今の自分の姿を都子は見てくれているだろうか。

そんな風に思いながら。

絵梨香はゆっくり立ち上がり、両親に支えられながら歩き出した。

そんな絵梨香を追いかけるように、ミモザの香りが漂ってくる。

「？」

誰かに名前を呼ばれたような気がして、絵梨香は足を止めた。

「どうしたの、絵梨香？」

「どこか痛いのか？」

心配した両親が声を掛けてくる。

「ううん、違うの」

絵梨香は首を振ると、両親を安心させようと笑顔を見せた。

（気のせいかもしれない。でも——）

絵梨香は後ろを振り返った。

ミモザの花が暖かい春風に揺れている。

その様子を見つめていると、また微かな声が聞こえた気がした。

「がんばれ、絵梨香ちゃん。次に会えるのは百年後くらいかな？」

耳を澄まさなければ聞こえないくらいの小さな声。

「都子ちゃん？」

絵梨香は一瞬大きく目を見開いたが、やはりそこには誰の姿もなく、黄色いミモザが笑うように風に揺れているだけ。

絵梨香はくすりと笑いを漏らす。

「いくら何でも、そんなに長生きできないよ」

そう言って、絵梨香は明るい笑顔で晴れた空を見上げた。

その視線の先に、テディベアの形をした白い雲がゆったりと浮かんでいた。

君の中に ―4 years ago―

少しばかり汚れた窓から見える景色に視線を向けながら、鏡子《きょうこ》は小さなため息をひとつ吐き出した。

途端に窓ガラスの一角が白く曇り、外の空気がどれほど冷えているか思い知らされた。

(ああ、本当についてないわ)

心の中で呟きながら、もう一度ため息を吐く。

これでいったい何度目のため息だろう。考えただけでますます気が滅入ってくる。

慌ただしい年の瀬のこんな寒い日に遠出しなくてはならないだけでも憂鬱だというのに、そこへもってきてどうやら彼女は道に迷ってしまったらしいのだ。

ちゃんと教えられた駅で降りて教えられたバスに乗ったつもりが、いつのまにか辺りはすっかり緑が深くなり、まるで見た事もない山の中。目的地である姉の新居があるのは、デパートなどが立ち並ぶ街の中だったはずだ。駅から少し離れているものの、買い物には困らない便利な立地にある高層マンションなのだと、姉が自慢していたのを思い出す。

ひょっとしたらそこへ行く途中にこういう場所があるのかもしれないなどと暢気に構えていたのだが、走れども走れども一向にデパートなど見えてこず、それどころか鏡子を乗せたバスはどんどん山奥へと進んで行く。

さすがにここまで来れば、間違った路線に乗り込んだのだと察しもついたが、そうかといって今更どうする事も出来ない。下手に途中で降りて、またしても見当違いのバスに乗ってしまうよりは、いっその事このまま終点まで行って、折り返しのバスに乗った方が安全かつ確実なのではないだろうか。

その結果どれほどの時間を無駄にするのかは分からないが、それもまた仕方ないだろう。

鏡子はすっかり諦めて、座席の背もたれに体を預けた。

(姉さんに、また呆れられるわね)

しっかり者の姉の顔が浮かんできて、彼女を更に憂鬱にさせる。

自分とは正反対の性格をした姉は、いくつになっても鏡子を小さな子供のように扱う。すでに小学校に通う年齢の子供もいる鏡子にとっては堪ったものではないが、姉はまったく気に掛けもしない。

「あなたがちゃんとしないからでしょ」

というのが姉の言い分らしい。

これもまた子供の頃から聞き飽きた台詞だが、鏡子にも言い分はある。

姉の言う『ちゃんとする』と彼女の中の『ちゃんとする』はそもそも違うのだ。姉の価値観を押し付けられるのは甚《はなは》だ迷惑だった。

けれども悲しい事に、家族の中で鏡子の味方をしてくれる者はいない。

姉に心配ばかりかける不器用な妹。それが昔から変わらない母親や姉の彼女に対する評価だった。

「あなたったら本当に暢気なんだから」

母親にも姉にもいつもそんな風に言われているのだ。

そう言えば、亡くなった父親も、おっとりしていてのんびり屋の鏡子を心配して気にかけてくれていたものだ。

ただ母親や姉とは違い、父のそれは心底彼女の事を理解して気遣ってくれようとする、優しさだけが込められていたと彼女は思う。

気がつけば、いつだって、鏡子を温かく見守ってくれる父の姿がそこにあった。唯一父だけは彼女の味方でいてくれた。

（お父さん……）

切なさと情けなさとが入り混じったような気持ちで、鏡子は今までで一番大きなため息を吐いた。

父の事を思い出すと同時に、先ほどバスを乗り換えた駅前で見た大きなクリスマスツリーとイルミネーションを思い出す。

クリスマスを間近に控えて、きらきらと美しく輝きを増す街並み。

その光景が尚一層、彼女の心を重く沈ませていた。

「プレゼントとケーキを買ってくるから、楽しみに待っておいで、鏡子」

二十年前、そう言って家を出た父は、そのまま帰らぬ人となってしまった。

それ以来、鏡子にとって、クリスマスは一年で一番憂鬱なイベントになっている。

本来なら家族みんなで楽しめるはずのクリスマスに、自分が暗い顔をしているのは、夫にも子供たちにも申し訳ないとは思う。けれど、クリスマスが来るたびに、父のあの最後の笑顔と、果たされなかった約束の事を思い出してしまうのだ。

（お父さんと姉さんと一緒に、毎年少しずつ買い集めていたクリスマスオーナメントも、あの年を最後に買わなくなってしまったのよね）

その事については、母親も姉も何も触れないが、二人とも同じような気持ちでいるに違いない。鏡子の実家では、父が亡くなってからクリスマスツリーを飾る事はなくなり、それまで家族で集めていたたくさんのクリスマスオーナメントも、押し入れの片隅に仕舞われたままになっている。

姉が生まれた年から買い始めて、鏡子が生まれてからは買い足す数を増やし、毎年クリスマスになると、家族みんなでツリーに飾り付けた思い出の品。

それを見れば、父の笑顔を思い出す。楽しかった時間を思い出す。

もう二度と戻って来ない、幸せな家族の時間。

「クリスマスなんて大嫌い」

呟きとともに漏れた吐息が、バスの窓ガラスを瞬く間に真っ白に染めた。

それからバスはさらに三十分以上も山道を走り続け、ようやく終点らしき小さなバス停に辿り着いた。

(さあ、今からここまでかかったのと同じだけの長い距離を、同じくらい長い時間をかけて戻らなくちゃならないのね)

そう思いつつ覚悟を決めたように椅子に座りなおした鏡子を、運転手が迷惑そうに振り向いた。

「お客さん、終点ですよ」

「分かってます。ここから折り返すんですよね？」

鏡子が尋ねると、運転手は無情にも首を左右に振った。

「申し訳ないですが、このバスはここから回送になるんですよ。だから降りてもらわないと困ります」

「ええっ？」

そう聞いて、鏡子はやっと真剣に慌て始めた。

「あの、でも、それじゃ困ります。私、間違ってこのバスに乗ってしまったので、これから始発の駅まで戻らないといけないんです。この辺の地理なんて全然分かりませんし、こんな山の中で降ろされたら、いったいどうしたらいいのか」

「そう言われてもねぇ」

運転手も困ったように頭を掻いた。

「あと一時間もすれば下りのバスがここを通りますから、それに乗って駅まで戻ってくれませんかね？」

「はあ」

曖昧に答えながら、鏡子は思わず窓の外を見つめた。

冷たい風がビョウビョウと木々を揺らし、たくさんの枯葉が舞い散っている。外の寒さは相当なものだ。こんな場所で一時間も放置されたら、きっと凍えてしまうに違いない。

助けを求めるように視線を運転手に向けるのだが、運転手はまたしても困ったように頭を掻きながらバスの外を指さした。

「あの木立ちの向こうに、建物があるのが見えますか？」

そう言われてよくよく目を凝らしてみると、白い木肌が連なる林道の先に赤いレンガ造りの建物が見えた。

「はい」

鏡子は素直に頷く。

「あれ、喫茶店ですから。あそこで時間を潰すといいですよ」

そう言って、運転手はさっさとドアを開けてしまう。

途端に外の空気がバスの中に入り込んできた。その冷たさに首を竦《すく》めながら、仕方なしに彼女は座席から立ち上がり、バスのステップに足を乗せた。

彼女が完全にバスから降りたのを確認すると、運転手は待ってましたと言わんばかりにバスを発車させた。

小さなバス停に、鏡子は一人ぽつんと残されてしまったのだ。

風はますます冷たく強く吹きつけてくる。このままバス停に突っ立っていたら、間違いなく体が凍えて風邪をひいてしまうだろう。

「こうなったらあそこへ行くしかないわね」

自分を勇気づけるように、はきはきとした口調でそう言うと、気を取り直して歩き出した。

しばらく歩いて、やっと赤いレンガ造りの小さな建物に到着した。

大きくて重そうな木製の扉には、上半分にステンドグラスが嵌め込んである。その柄は、レンガ造りの家の前に座る一匹の黒猫、黒猫の足元にハンドルのついたオルゴールと茶色いテディベア、隅っこには黄色いタンポポ、という変わったものだ。

扉の両脇に大きな鉢植えがあって、プリムラやビオラ、ウィンターコスモス、葉牡丹など季節の草花が綺麗に寄せ植えされている。殺風景な山の中で、ここだけ鮮やかな色彩が際立っていた。

花が好きな鏡子にとって、それだけでも好印象だったが、何より彼女が安心したのは、クリスマスツリーが飾られていない事だった。この時季になれば、大概どこでも店の前にクリスマスツリーを置いたり、それらしいイルミネーションを飾ったりするのだが、この店にはそれらが一つもなかった。

カランカラン……

意を決して扉を開けると、ドアベルが澄んだ音を鳴らした。

暖かな空気とコーヒーの良い香りが漂ってきて、鏡子はほっと息を吐いた。

思った通り、店の中にもクリスマスらしい装飾は何もされていない。

こんな不便な山奥にある店なのに、お客が三人もいる事に少し驚く。カウンター席に年配の優しそうな紳士とインテリ風の美人が座り、ボックス席にはお人形のように可愛い顔をした小さな子供が一人で座っていた。

変わったお店だなと思いつつ、自分以外のお客がいたので少しだけ安心する。それと同時に、何故だか懐かしいような切ないような妙な気分になり、戸惑いながら店内を見渡した。

表の看板に『喫茶・雑貨』とあったように、さほど広くない店内にはいくつかのボックス席とカウンター席、それに小物などが並べてあるささやかなスペースがあった。置いてある家具も、売られている雑貨も、全体にアンティークっぽい洒落た印象を受けるのだが、正直なところ鏡子にはよく分からない。

ただ、やはり先ほど感じた妙な感覚は消えない。

初めてのはずなのに、ひどく懐かしいような。気を抜いたら両目からぽろりと涙が零れてしまいそうな。

うまく説明が出来ない。けれど決して不快ではない。

(ああ、そうだわ)

この感じには覚えがあった。時々ふっと自分の中に湧き上がってくる感覚と、それはとてもよく似ていた。

鏡子がそういう気持ちになるのは、大抵の場合、無意識にあるものを探している時だった。

(でも、どうして？)

ここには自分の探しているものがあるはずなどないのに。


「いらっしゃいませ」

ぼんやり立ち尽くしていると、誰かが優しく声を掛けてきた。

カウンターの向こう側から黒い髪の青年と金色の髪の青年が、鏡子をじっと見つめていた。どうやらここの店員らしい。どちらもとても綺麗な顔立ちをしている。

「あの……」

何と言おうか迷っていると、黒い髪の方がふわりと笑いかけてきた。

「やっといらっしゃいましたね」

「え？」

突然そう言われて、鏡子はびっくりして店員を見つめ返す。

黒髪の店員はちっとも気にした様子もなく、親しげに彼女に話し掛けてくる。

「あなたがやって来るのを、ずいぶん長い間待っていたんですよ。良かったです、無事に辿り着いてくれて」

「は？」

「少し心配していたんです。もしかすると違うバスに乗ってしまったんじゃないかとか、道が分からなくなってしまったのじゃないかって」

「え？　え？」

先刻からいったい何を言っているのだろう。

鏡子はこんな店なんて一度も来た覚えがないし、名前を聞いた事すらない。当然ながら、黒髪の店員の事も、その横で物静かに微笑む金髪の店員の事も知らない。

それなのに、どうして彼らは鏡子を知っているのだろう。何故、ずっと待っていたなんて言うのだろうか。

「あの、失礼ですけど、どなたかと勘違いしていらっしゃいませんか？」

おずおずと鏡子が問うと、二人はきっぱりと首を振った。

「いいえ。あなたで間違いありません」

「あちらの方は、あなたの事をずっと待っておられたのですから」

口々に言って、二人はカウンターの一番奥の席を振り返った。

つられたようにそちらへ視線を向ける。

すると――、

「やあ、久しぶりだね」

そう言って彼女に笑いかける人物を見て、鏡子はあっと息を呑んだ。

そんな、まさか。あり得ない。

鏡子は大きく目を見開いたまま、その場から動けなくなってしまった。

彼女の様子にはお構いなく、その人はさっと手を上げると、

「元気だったかい？」

尋ねながら、小さな子にするように鏡子の頭を撫でてくる。

その大きな手も、子供のように無邪気な笑い方も、愛しさの込められた低い声も、何もかもが記憶する通りのものだった。

「お父、さん？」

信じられないというように、鏡子は大きな目をますます見開く。

これは夢なのだろうか。

今、鏡子の目の前にいるのは二十年前にこの世を去った父、その人だった。亡くなった時のままの若さで、身につけているスーツやネクタイも当時のまま。生きている時と何ひとつ変わらない元気そうな父の姿がそこにはあった。

「これは夢？　そうよね、きっと私、夢を見ているんだわ」

鏡子は思わず自分の腕を抓《つね》ろうとしたが、ふと思い直してその手を止めた。

「ううん、それでもいい。どうか夢なら醒めないで」

独り言のように言うと、父親はくしゃりと顔をほころばせた。

「残念だけど夢じゃない、お父さんは本物だよ。ほら、触ってごらん」

大きくがっしりした手で鏡子の華奢な手を取り、自分の頬に触らせる。手のひらを通じて温かなぬくもりが伝わってきた。それはまぎれもなく鏡子が幼い頃から慣れ親しんだ父のぬくもりだった。指先からほんの少し香る煙草の匂いもあの頃のまま。

本当に何ひとつ変わっていない。

「お父さん……」

「大きくなったな、鏡子。お前、だいぶ老けたんじゃないか?」

遠慮のない父の言葉に、鏡子はたまらなくなって吹き出す。

「ひどいわ、お父さん。だって仕方ないじゃない。お父さんが死んだの、私が高校三年生の時よ。あれからもう二十年も経って、私はあの時のお父さんとそんなに変わらない年齢になっちゃったんだもの」

「そうか。もうそんなになるのか」

目を細める父親に、鏡子はくつくつと笑ってみせる。

「そうよ。私だって、今はすっかり二児の母親なのよ」

「ああ、そうだったな。桜《さくら》と桃《もも》だったか。お前に似て、素直な可愛い子供たちだね」

「知っているの？」

驚いて問い返すと、父親は笑いながら大きく頷いた。

「勿論さ。お前の旦那さんの事も、結婚式の事も、お産の時の事も、みんな知っているよ」

「どうして？」

父親の言葉に、心底不思議そうに父の顔を見つめた。

まだ高校生だった頃に死んでしまった父親が、そんな事を知っているわけがないのに。どんなに父親に伝えたくても、伝える事なんて出来なかったのに。

彼女の疑問に、父親は当然のように答える。

「離れてしまってからも、お父さんはいつだってお前の傍にいたんだよ。お前が悲しい時はお前の隣で一緒に泣き、お前が悩んでいる時は一緒に悩み、そしてお前が嬉しい時にはお前と一緒に笑っていた。だからどんな小さな事でも、知らない事はないんだよ」

「え？」

ぱちぱちと何度も目をしばたたかせる鏡子に、父親は変わらず穏やかな笑顔を向けた。

「お前だけじゃない。お母さんや姉さんの事だって、お父さんはずっと見守っていた。

お前たち家族の事を、ずっとずっと見守り続けていたんだよ」

「……」

鏡子は黙ったまま、じっと父親の言葉に耳を傾けていた。

いつの間にか視界がぼやけて、目には涙がいっぱい溜まっていた。

どう伝えたらいいんだろう。

父に、いったいどう伝えたらいいんだろう。

自分がずっと父親を探していた事。その存在を追い求めていた事。たとえ夢でもいいから逢いたいと、心からそう思っていた事。

「人は死んだらどこへ行くの？　肉体が消えてしまったら魂はなくなっちゃうの？　もしそうだとしたら、生きて、動いて、喋って、笑ったり泣いたりしていたのは何のため？」

父親が死んでから、鏡子はずっとそんな事を考えていた。

誰に聞いても答えてはくれないし、いくら考えても答えは出ない。そう分かっていながら、それでも考えずにはいられなかったのだ。

当たり前だが父親の存在は鏡子にとってとても深く大きく、だからこそ、父が自分の目の前から忽然《こつぜん》と消えてしまった現実に、どうしても馴染《なじ》めないでいた。頭では理解できても、心が納得してくれなかった。

いつも傍にいて、どんな自分でも優しく受け入れて包み込んでくれる存在。傍にいるのが当たり前で、これから先もずっとそこにいてくれるはずだった、かけがえのない大切な存在。それなのに『死』というものは、こんなにも簡単に容赦なく奪い去ってしまうものなのだろうか。

（本当にもう二度と会えないの？）

やがて長い時間が経ち、鏡子もいつしか結婚し、子供を産んで親となってからは、尚更その事を考えるようになった。

もしいつか自分が死んだら、自分の魂はどこへ行ってしまうのだろう。消えてなくなってしまうのだろうか。何もかも忘れてしまうのだろうか。子供たちに会う事も出来なくなってしまうのだろうか。

そう思うととても不安だった。たまらなく悲しかった。

涙に濡れた目で、鏡子はじっと父親の顔を見た。

父親は両手で彼女の頬を包み込むと、優しく諭すようにこう言った。

「鏡子、感じるかい？　お父さんの手、温かいだろう？」

「うん。昔とちっとも変わらないね」

鏡子が言うと、父親はにこりと微笑んだ。それから噛み締めるように彼女の顔をつくづく眺めた。

「お父さんの姿を、もうお前たちは見る事が出来ない。だけどお父さんはちゃんとここにいるんだよ。お父さんの心はいつもお前たちに寄り添っている。お前たちが必要とする時は、いつだって傍にいるよ」

「お父さん……」

涙が止まらない。

言いたい事は山ほどあるのに言葉にならない。

父に伝えたい事がいっぱいあるのに、何故だろう、喉に石でも詰まってしまったかのように何の言葉も出てこない。もう一度父に会えるのなら、あんな事を話そう、こんな事も話そうと、いつも想像していたはずなのに。いざこうして目の前にすると、そんなもの何ひとつ役に立たない。

もどかしさは涙となって、ますます彼女の頬を濡らした。

そんな鏡子の姿に、父親は何もかも分かっているかのように何度も頷いてみせる。

「ほらほら、そんなに泣くんじゃない。せっかくの可愛い顔が台無しじゃないか」

そう言って鏡子の涙を拭うと、父親は店の中にあるショウケースへと近づいた。

突然どうしたのだろうと思いながら見ていると、ショウケースの中に手を差し入れて、小さな箱を取り出してしまった。

「駄目よ、お父さん、そんな勝手に取ったりしたら」

慌てて父を咎《とが》めるが、

「構いませんよ。その箱は、もともとあなたたちご家族の物ですから」

金髪の店員が優しく笑いながら言う。

「えっ？」

驚いて声を上げると、父親が蓋を開けて、その小さな箱を鏡子に手渡した。

「ほら、見てごらん」

促されるまま箱を覗き込む。中に入っていたのは、とても小さなマスコットのような物。

「これ、クリスマスオーナメント？」

天使や木馬、リンゴに靴下など、いかにもクリスマスらしい品々が並んでいる。その中に、人形が四体入っているのに気が付いて、不思議に思いながら首を傾げた。

「これ……」

右手を伸ばして、人形のオーナメントを取り出す。

男の人と女の人と小さな女の子が二人。それは、父親と母親と姉と鏡子の家族四人を表していた。

「やっぱり、お父さんと私たちが集めていたオーナメントね。でも、どうしてこれがここにあるの？」

そう尋ねたが、父親も二人の店員もただ笑っているだけで、質問には答えてくれなかった。その代わり、父親が背広のポケットから何かを取り出して、鏡子のもう片方の手のひらに載せた。

「これは、鏡子と鏡子の旦那さん。こっちは桜と桃の分だよ」

小さな可愛らしい人形のオーナメントが四体、手の中で楽しそうに笑っている。幸せそうな家族の姿がそこにはあった。

「あの日、お前と約束したのに、家に帰れなくて本当に済まなかった」

少しだけ悲しそうに目を伏せる父親に、鏡子は黙って首を横に振った。

「いいかい、鏡子。これからは、お前とお前の家族のために、どうかクリスマスを楽しんでほしい。私たちの楽しかった思い出を、お前の家族が引き継いでおくれ」

「お父さん」

鏡子の目からまたしても涙が溢れ出す。

そんな鏡子に、父親はにっこり笑いかけた。

「そして、出来る事なら、古い方のオーナメントは母さんと姉さんに渡してくれないか。二人にも、いつか笑ってクリスマスが迎えられるように。時間はかかるかもしれないけれど、お前なら出来るとお父さんは信じているよ」

どこか寂しそうに父親が言う。

「鏡子、これからもずっと見守っているよ。どんなに遠く離れていても、お前がお父さんの事を想ってくれるたびに、お父さんはお前のもとへ行くよ」

「お父さん……」

「ずっと見守っているよ」

そう繰り返す父親に、鏡子はやっと一言だけ口にする事が出来た。

その一言に万感の想いを託して彼女は言った。

「ありがとう」

鏡子の言葉を聞いた瞬間、父親は本当に嬉しそうに笑った。そして、

「ありがとう、鏡子」

たくさんの光の粒となって、ゆっくりと空中に溶けていってしまった。

「お父さん！」

慌てて手を伸ばすが、もうそこに父親の姿はなかった。

頬を流れ落ちる涙と微かな淡いぬくもりと、それだけを残して父親はどこかへ消えてしまったのだった。

「夢だったのかしら？」

呆然としながら呟くと、

「夢じゃありませんよ」

黒髪の店員がそっと声を掛けてきた。

急いで涙を拭きながら、鏡子は店員たちの方を振り返る。

澄んだ琥珀色の瞳と優しげな青い瞳が、慈しむように彼女に向けられていた。

何故だかその眼差しに覚えがあるように彼女は感じた。うんと遠い昔から知っているような、そんな気がしたのだった。

「お父さんが言っていたでしょう？　お父さんは、あなたが望む時、いつだってあなたの傍にいるんです」

彼女は力なく首を振る。

「でも、もう父には会えないんでしょう？　父の姿を見る事は、もう二度と出来ないんでしょう？」

鏡子にはそれがとても悲しく思えた。

傍にいるのに見る事も触れる事も出来ないなんて。それじゃあ、どうやって父親の存在を信じたらいいのだろうか。想いをどうやって父に伝えたらいいのだろうか。

彼女は途方に暮れたような表情で二人を見つめ返した。

「せっかくお父さんが来てくれても、私には分からないかもしれないわ。お父さんが傍にいてくれても、声を掛ける事も出来ない。そんなの悲しすぎるわ」

　すると、黒髪の店員がゆっくりと鏡子の胸の辺りを指さした。

「だから、感じてください」

「え？」

「お父さんの存在を。あなたがお父さんの事を想う時、お父さんはあなたの傍に確かにいるという事を。あなたの心で感じてください」

「私の心で？」

「そうです。お父さんとあなたを繋ぐ糸は、いつだってあなたの中にあるんですから」

「私の中に？」

　鏡子の問いかけに、二人の店員は深く頷いた。その顔はこの上なく優しく清らかだった。

「大丈夫、きっと分かるはずですよ。あなたなら、きっと」

　鏡子は答えなかった。

　オーナメントを握り締めたまま、両手をそっと自分の胸に押し当てる。

両手から伝わってくる温かさと微かな鼓動。先ほど父親から感じたものと同じぬくもりがそこにはあった。

大きく深呼吸をしながら目を閉じる。

浮かんでくるのは優しく微笑む父の姿。いつだって変わらず彼女のすべてを無条件に受け入れてくれた、愛情に溢れた父の笑顔。

これからもずっと忘れない。

自分の中に存在する父、そのひとつひとつを。何もかも、きっと一生忘れない。

泣き出しそうになりながら、それでも何とか笑った。自分の中にいる父に向けて精いっぱいの笑顔を贈った。

「お父さん、ありがとう」

心を込めて、鏡子は囁いた。

花束／Bouquet　― 3 years ago ―

山奥にある赤いレンガ造りの小さな建物。ここは、『喫茶・雑貨　猫目堂』。

入り口にある大きな木の扉には、色とりどりのステンドグラス。この建物とそっくりなレンガ造りの家の前に一匹の黒猫が座っていて、その足元にはオルゴールの木箱と茶色いテディベア。黒猫の後ろに様々なオーナメントが飾られたクリスマスツリーが配してある。右下の角に黄色いタンポポの飾り枠があるのだが、残り三つの角には何も描かれていない。季節感を無視した何とも風変わりで中途半端な絵柄のステンドグラスだったが、不思議と見るものを優しい気持ちにさせてくれる。

その扉に取り付けられたドアベルがいつものように軽やかな音を鳴らし、『猫目堂』の扉が開く。

入ってきたのは、しかめっ面をした初老の男だった。

「いらっしゃいませ」

金髪のラエルと黒髪のカイトが、カウンターから揃って笑顔を投げかける。

店内には、ほかにもう三人。品の良い年配の紳士とインテリ風の黒髪の美人がカウンター席の両端に座り、少し離れたボックス席には人形のような顔をした可愛らしい子供がいた。三人ともこの店の常連客だ。

「バスを待つ間、お邪魔させてもらってもいいかな？」

にこりともせずにそう言うお客に、ラエルとカイトは屈託のない笑顔で頷く。

「どうぞ。よろしければカウンターへ」

「ああ。ありがとう」

お客は帽子を取りながらカウンター席へ腰掛け、先客の紳士と美人に軽く会釈してみせた。

年齢は六十歳近いだろうか。顎をぐっと引いて、眉間に皺《しわ》を寄せているが、別に不機嫌なわけではなさそうだ。

いかめしい顔と同じくらいいかめしい声も、これといって特別なものではなく、彼にとってはごく当たり前のものだった。

「ご注文は何になさいますか？」

ラエルが訊くと、ラエルとカイト、それに厨房へ続く扉へじろりと視線を向ける。

まるで値踏みでもするかのようにじろじろと遠慮なく眺めてから、視線をラエルへ戻した。

「何が作れるのかね？」

「メニューもございますが、ご要望のものがあれば何でもお作りいたします」

ラエルが愛想よく答えると、男は相変わらずのしかめ面で、

「では一番おすすめのものを」

ぼそりとつぶやく。

「かしこまりました」

ラエルはにっこり笑って、カイトの方を振り向いた。

「カイト、料理の方を頼むよ」

「任せて」

カイトは嬉しそうに頷き、颯爽と厨房の中へ消えて行った。


「お待たせしました」

やがて男の前に出されたのは、白い皿に盛りつけられたとてもシンプルなオムライスとアメリカン・コーヒー。

一見、何の変哲もないオムライスだが、卵の表面にはひび割れや凹凸が一つもなく、上にかかったケチャップの赤色と相まって美しい。その上に載せられているのは、よく見る縮れ葉のモスカールドパセリではなく、レースのような見た目と繊細な味わい

を持つチャービルが一枝。チャービルの明るい黄緑色が、オムライスにより一層の彩《いろど》りを添えていた。

男はわざとらしく眉を上げ、不機嫌そうにラエルを見た。

「これが、この店の一番のおすすめなのかね？」

先ほどより眉間の皺を深くさせながらそう尋ねた。

「ええ。そうです」

やんわり答えるラエルに、男はふんと鼻を鳴らし、おもむろにコーヒーのカップを持ち上げた。白地にブラックベリーが描かれたボーンチャイナのカップは、少し地味なようにも見えるが、コーヒーの色を楽しむにはちょうど良い。

すぐには飲まずに、まず色を見てゆっくり鼻を近づけていく。次に、目を閉じて香りを嗅ぐ。それから一口だけ口に含み、じっくり味わうように飲んだ。

途端にアメリカンとは思えないほどのしっかりした味わいと芳醇な香りが口の中に広がる。コーヒー豆そのものも良いものを使っているのだろうが、何よりローストへのこだわりが感じられる。

「ふむ」

一言つぶやいてから、かなりの時間をかけてコーヒーを飲み干す。

「これを食べ終わる頃に、もう一杯コーヒーを淹れてくれないか？」

「かしこまりました」

オムライスを指さしながら相変わらず不機嫌そうに言う男に、ラエルは慇懃《いんぎん》に頷いた。

「さて、今度はこちらか」

男は銀色に光るスプーンを持つと、カイトの作ったオムライスをこれまたゆっくりと口に運んだ。

俯いて皿を凝視しながら、噛み締めるようにオムライスを味わう。男の眉が時折ぴくぴくと動くが、そのまま無言で食べ続けている。

そんな男の様子を、カイトもラエルもただ黙って見つめている。口元にはずっと微笑を浮かべたままで。

やがて、男がオムライスをすっかり食べ終えた頃、絶妙のタイミングで男の前にコーヒーが差し出された。

男は「ありがとう」と小さく礼を言って、コーヒーカップを手にしたままラエルとカイトを真正面から見つめた。

そして、

「ありがとう。とても美味かった。それに、とても懐かしい味がしたよ」

そう言って男はやっと笑顔を見せた。

三杯目のコーヒーを飲みながら、男は胸ポケットから何かを取り出した。

「私はこういう者でね」

男が差し出した名刺を、ラエルとカイトは丁重に受け取り、そっと覗き込んだ。

男は、同じ名刺を紳士と美人にも差し出す。そこには、かなり名の知れた高級レストランの名前と『オーナーシェフ　西原貴士《にしはらたかし》』という文字が印刷されていた。それが男の名前だった。

「ああ、あの有名なお店のご主人だったのですか」

紳士が感心したように言うと、西原は笑みを浮かべた。

「いや、なに。それほどでもありませんがね」

「あなたのお店はとても美味しくて、値段以上の素晴らしい食事が楽しめると評判ですね。最近、また支店を増やされたとか」

紳士の言葉に、西原は嬉しそうに何度も頷く。

「ええ。おかげさまで経営がうまくいっておりまして、五つある支店は、腕のいい弟子たちにそれぞれ任せてあります」

「そうですか。それは大変結構ですな」

誇らしげに語る西原に、紳士は笑顔を向ける。

西原はもう一度視線をラエルとカイトへ向けて、上機嫌のまま話し出した。

「先ほどは試すような事をして済まなかったね。君たちの料理はとても素晴らしい。実を言うと、先ほどのオムライスは、私が昔よく自分の家族に作ったものと同じでね。それが出てきたので、正直驚いたよ。それに、コーヒーの味も香りも格別だった。シンプルなものほど、料理人の腕が分かる。いや、本当に美味しかったよ」

「ありがとうございます」

「それなのに何故こんな山奥で店をやっているのだね？　ここでは客などほとんど来ないだろう。勿体ないとは思わないかね？」

「勿体ない？」

西原の言葉に、二人は不思議そうに首を傾げる。

「ああ。君らほどの腕があれば、どこでだって通用する。こんな山奥にいないで、都会に店を出す気はないかね？　いや、もし良かったら、二人とも私の店で働いてみないか？」

いささか興奮気味に西原が申し出るが、ラエルとカイトはおだやかに笑いながら首を横に振る。

「ありがたいお話ですが、遠慮させていただきます」

「何故だね？」

西原は心外そうな表情をして声を上げた。

「私の店に来れば、もっとたくさんの客を相手に出来る。給料だって、君たちが満足のいく額を用意させてもらうよ」

そう西原が言うのだが、ラエルもカイトもただただ首を振るばかりだった。

西原はがっかりしたらしく、少し怒ったように再び顔を顰めた。

それを見て、ラエルがやんわりと言う。

「お気持ちはとてもありがたいし嬉しいのですが、私たちは今のままで十分なのです。お金も欲しいとは思いません」

ラエルの言葉に、西原はふと顔を上げた。

息を呑んで目を見開き、まじまじとラエルの顔を眺めてくる。

しばらくして、

「君は、私の娘と同じような事を言う」

苦笑まじりに西原は言った。

それから、カウンターに置かれた花瓶に挿してある一輪の白いライラックに視線を移すと、深いため息を吐いた。

「本当の事を言うと、最初にカウンターにこの花を見つけた時に、何となくそう言われるんじゃないかとは思っていたんだよ」

ふいにそんな事を言う。

それをきっかけに、西原はぽつりぽつりと語り出した。

＊

私には娘が一人いてね。『リラ』という名前なんだが。

ああ、そうだね。『リラ』というのは、ライラックのフランス名だ。

妻を亡くしてから、私は男手ひとつで娘を育ててきた。

私の妻が亡くなったのは、ちょうど最初の店が軌道に乗り始めた頃で、私自身とても忙しかったが、私は娘に不自由な思いはさせたくなかった。毎年、誕生日にもクリスマスにも、両手で持ちきれないほどのプレゼントを用意した。娘が惨めな思いをしないように、良い学校に行かせ、習い事もたくさんさせてやった。独りぼっちで寂しくないようにとメイドも雇った。

妻の分まで私が頑張って娘をしっかり育てなくては。そう思っていたよ。

娘のために必死に働いた。だから今のように店を大きくしたんだ。

そうして、娘にも祝福されて、五年ほど前に再婚してね。相手の女性はずっと昔からの知り合いで、私の店にもよく通ってくれていた。

てね。

私はまだ死んだ妻の事を忘れていなかったから躊躇《ちゅうちょ》したんだが、娘に背中を押され

「ママだってパパが幸せになるのを望んでいるから」と。そう言ってくれたんだよ、あの子は。

私は幸せだった。

店は順調だし、娘も新しい妻も本当の親子のように仲が良くて。何もかもが満ち足りていた。とても満足だった。

そんなある日の事だ。突然、娘が結婚したいと言い出した。

相手はオルゴール職人だという。小さな工房で働いていて、給料はお世辞にも高いとは言えなかった。夢があって優しい人だと娘は言ったが、そんなもの私に言わせれば何の役にも立ちはしない。

私は反対した。

だって当然だろう? 娘が苦労すると分かっていて、黙っている親などいるものか。

娘は泣いた。どうして分かってくれないのかと、何度も何度も泣きながら私に訴えてきた。普段から聞き分けのいい素直な娘が、あんな風に意地を張るのは初めての事だった。

オルゴール職人の男も、何回も私を訪ねて来た。「かならず娘さんを幸せにします

から」なんて、ありふれた言葉を吐いていたな。何を根拠にそんな事が言えるのか、まったく無責任な男だと思ったよ。

私が怒鳴りつけても、その男も娘も決して諦めようとしなかった。しつこく何度も二人で私のもとを訪れては、一生懸命に私を説得しようとしていたよ。

でも私は、彼との結婚を断じて承知しなかった。

お前にはもっとちゃんとした良い男を見つけてやる、今まで通り私の言う事を聞いていればきっと幸せになれる。そう娘を諭した。

……娘は去って行ったよ。

私を捨てて、その男のもとへ行ってしまったんだ。

＊

話を終えて、西原が寂しそうな微笑を漏らした時だった。

俄《にわ》かに『猫目堂』の扉が開き、一人の女性が軽やかな足取りで店内に入ってきた。

その瞬間、ふわりと甘い香りが漂い、西原はゆっくりと扉の方を振り向いた。

「君――？」

すぐそばで足を止めた女性の顔を見て、西原は息を呑んだ。

ゆるくカールされた肩までの髪を揺らし、白い服を着て、白いライラックの花束を手に持って。目の前に佇んでいたのは、大分前に亡くなったはずの彼の最初の妻だったのだ。

「お久しぶりね、あなた」

死んだはずの妻は、しなやかに西原の隣へ腰掛けた。

驚いて声も出ない彼に向かって、花が咲くように笑いかける。

「どうして？」

かすれた声でやっと一言だけ尋ねると、妻はにこにこ笑いながら、西原の質問とは別の事を話し出した。

「ねえ。この花束を覚えている？　この白いライラック。私たちの結婚式を唯一飾ってくれたものよ」

笑顔のまま西原にその花束を差し出す。

呆然としながら小さな花束を受け取ると、まだ信じられない気持ちで、それでも懸命に答えた。

「覚えているよ。あの頃私たちはとても貧乏で、まともな結婚式なんて挙げられなかった。君の両親にも結婚を反対されて、二人だけで教会で式を挙げたんだ」

「そうよ。参列者もいない、ドレスも指輪もない。本当に何にもない結婚式だったわ。

そんな私たちを見かねて、教会の神父さんが庭にあったライラックの花で小さなブーケを作ってくださったのよね」

「ああ」

西原は懐かしそうに目を細めた。

勿論よく覚えている。

あの頃、西原はまだ駆け出しの料理人で、やっと小さな店を一軒開いたばかりだった。そのための借金もして、自分たちが住む家の家賃や電気代にすら困るような日々だった。

それでも妻は何ひとつ文句を言わなかった。いつも明るく笑って、彼を励ましてくれた。

「貧乏で、誰にも祝福されなくて。でも、私はとても幸せだった。大好きなあなたと、大切な夢があったから」

「……」

西原は無言だった。無言で、妻の美しい顔をじっと見つめていた。

(覚えているよ。二人の夢のために。合言葉のように、そう言い合っていた)

自分も幸せだった。そう妻に伝えたい。それなのに何故か言葉が出てこない。話したい事も伝えたい事も数え切れないほどあるのに、どういう訳だかまるきり言葉が出てこない。

途方に暮れる西原に、妻は笑いながらさらに言う。

「リラの事、立派に育ててくれてありがとう」

「いや」

西原は力無く首を振る。

「今日はこれから、あの子に会いに行くのでしょう？」

妻の言葉に、はじかれたように顔を上げた。

「いや、私は……」

口ごもる西原の様子を、妻はあえて気づかぬように笑顔で話し続ける。

「リラに赤ちゃんが生まれたのよね？　リラの旦那さまから連絡をもらって、そのお祝いをしに、これから二人を訪ねて行くのでしょう？」

西原はただ俯くだけだった。

妻は美しい微笑みを浮かべながら彼を見つめている。

やがて、観念したように顔を上げると、

「君は何もかも分かっているんだろう？　ここまで来ながら、私はまだ迷っている。あの子を悲しませてしまった私が、今更どんな顔をしてあの子に会いに行けばいいんだ？」

西原はますます途方に暮れたような顔をした。

そんな彼に、妻はあくまでも優しく笑いかける。

「笑って。いつものように、普通の顔をして会いに行けばいいわ」

当たり前の事のように言う。

西原は激しくかぶりを振った。

「出来ないよ、そんな事。私には出来ない」

「どうして？」

「分かるだろう？　あの子にも彼にも、とてもひどい事を言ってしまった。いや、それだけじゃない。頑固で独りよがりで、私は、本当はちっとも良い父親なんかじゃなかったんだ。ずっとずっと、あの子のためと言いながら、あの子に辛い思いをさせていた。いつも寂しい思いをさせていた」

西原は心底辛そうに顔を歪める。後悔が波のように押し寄せてきて、彼の心を蝕《むしば》んだ。

「ねえ」

深い後悔に苛《さいな》まれる西原へ、妻は冷静に声を掛ける。

「あなたのしてきた全てが間違いだったわけではないわ。あの子のためを思っていたのは本当の事じゃない。あの子だって、それはちゃんと分かっているわよ」

「いや、駄目だ。私は、あの子の事も彼の事も、頭ごなしに否定してしまった。今更どんな顔をしてあの子に会いに行ったらいい？　どうやってあの子に謝ったらいいんだ？　出来るなら、私だって、あの子とあの子の大事な人に謝りたい。許してほしい。だが、今更どうしたらいいんだ」

苦しそうに告白すると、妻はふわりと微笑んだ。

やはり当たり前の事のように、妻は笑いながら言う。

「そんなの、今からいくらでもやり直しがきくじゃない」

妻の言葉に、西原はぼんやりと顔を上げる。

「やり直し？　そんな――、出来るわけがないよ」

頑なに首を振り続ける彼に向かって、

「いいえ。人生をやり直すのなんて、本当はとても簡単よ。間違えたと思ったら、そこからまたやり直せばいいだけの事だもの」

妻はきっぱりと言った。

「しかし、今更もう遅いよ」

どこまでもそう言い張る西原を、妻は少しだけ呆れながら励ました。

「何を言ってるの。さっきから『今更、今更』って。遅いなんて事あるわけないわ。だって、そんなの誰が決めたの？　やり直しちゃいけないなんて事ないでしょ？　たとえば明日死ぬかもしれなくたって、今日いまこの時からだってやり直す事は出来るわ。決して遅くなんかないわ」

西原は戸惑ったように妻を見つめた。妻は更に続ける。

「遅いかどうかなんて、誰にも決められないのよ。いつだって自分の気持ち次第なんだから」

妻はそう言うと、優しく微笑んだ。

「勇気を出して。一番大切なのは、あなた自身の気持ち。本当はどうしたいか、これからどうしたいのか。そのためには何が必要なのか。本当はあなた、とっくに分かっているんでしょう？　だから、こうしてここまで来たんでしょう？」

「――」

西原は絶句した。

ああ、本当に何もかもお見通しだ。

妻は満面の笑みを浮かべながら、彼の頬にそっと唇を寄せた。

「さようなら、あなた。幸せにね」

さっとくちづけして、空気に溶けるように消えてしまった。

「待ってくれ！」

西原は慌てて叫んだ。

だがそこにはもう妻の姿はなく、西原は呆けたように辺りを見回した。

カウンター席には紳士と美人がゆったりと腰掛け、店員の二人はのんびりとコーヒーを淹れている。ボックス席にいる子供は楽しそうに本を読んでいる。

まるで何事もなかったように。

(どういう事だ?)

西原は首を捻った。

妻のいた形跡はどこにもなく、ライラックの花の微かに甘い香りが、残り香のようにあるだけだった。

(あれは、夢だったのか? 何もかも、私が勝手に頭の中で想像していただけだったのか?)

それにしてはいやにリアルな白昼夢だった。

もっとも、そのおかげで、探していた答えが見えた気がするが。

西原は苦笑して何度も首を振った。

それからおもむろに立ち上がると、会計を済ませて『猫目堂』を後にした。

バス停に向かって、細い林道をゆっくり歩いて行く。

西原の足取りは、店に入る前よりほんの少しだけ軽くなったようだった。

「お忘れ物ですよ」

後ろから声を掛けられて、驚いて振り向く。

追いかけてきたカイトがそう言って彼に差し出したのは、白いライラックの小さな花束だった。

「どうして、これを？」

西原が不思議そうに訊くと、カイトはにっこり微笑んだ。

「大切な思い出だから、あなたから娘さんに渡してほしいそうです」

「え？」

「勇気を出して会いに行って、そこからまた新しく始めてほしい。そうおっしゃっていましたよ」

「……」

誰が、とは西原は尋ねなかった。

ただその小さな花束をぎゅっと握り締めて、晴れ渡った空を見上げた。

透明で凛とした空気が、彼の体を優しく包み込む。

「ああ、そうだね。君の言う通りだ。いつだって、遅いなんて事はない」

そう言って笑った西原に、空から真っ白な花びらが舞い降りてきた。

さよなら ―2 years ago―

「いらっしゃいませ」

ドアベルが高く澄んだ音を鳴らし、木の扉がゆっくり開かれる。

それと同時に、カウンターの中にいるラエルとカイトが、笑顔でお客を迎えた。

お客は背が高く、黒いセーターを着て、すらりと伸びた足に黒いジーンズのよく似合う青年だった。

「ご注文は何になさいますか？」

金色の髪のラエルが声を掛ける。

青年は人懐こい笑みを浮かべ、柔らかなよく通る声で言った。

「春とはいえ、まだまだ寒いですね。温かいレモネードをお願いできますか？」

「かしこまりました」

二人は揃って笑顔で頷くと、黒髪のカイトが厨房の中へ消えて行く。てきぱきとした動作に無駄はなく、ラエルはそんなカイトを頼もしく感じた。

青年はカウンター席に座り、ラエルに気さくに話し掛ける。

「この店はもう長いんですか？」

突然そんな事を聞かれたが、ラエルは気にした様子もなく愛想よく答える。

「そうですね。かれこれ十年近くなりますね」

「へえ、そんなに長く」

青年は少し驚いたように目を見張った。ラエルもカイトも、どう見てもそんな年には見えなかった。カイトが二十代前半、ラエルが三十歳そこそこというところだろうか。

「じゃあ、その間に、ずいぶんいろいろな人たちがこちらに見えたでしょう？」

「ええ、まあ、そうですね」

ラエルが曖昧に答えると、青年は視線を上げて店内を見渡した。

コーヒーの良い香りと木が醸し出す清涼な空気が漂い、造りは小さいが洒落た雰囲気の店。アンティーク調の家具や小物に囲まれた静かな空間は、どこか懐かしい感じがする。

入り口の扉は木製で、嵌め込まれたステンドグラスを通して、外の光が柔らかく店内に差し込んでいる。その模様はとても印象的だ。

この店とそっくりなレンガ造りの建物の前に一匹の黒猫が座り、黒猫の左右にオルゴールの木箱と茶色いテディベアがそれぞれ置かれている。その後ろには、可愛い人形のオーナメントが飾られたクリスマスツリー。四つ角の一つには黄色いタンポポの花が、対角には白いライラックがあしらわれている。

少し変わった柄ではあるものの、外部からの透過光で見るステンドグラスは、非常に美しく映る。

一通り眺めた後、青年はしみじみとこんな事を言った。

「ここは不思議な場所ですね。初めて来たのに、とても懐かしい感じがする。雰囲気とか、匂いとか。うまく言えませんが、何だかずっと昔に出会っているような気がするんです」

「そうですか」

「はい。何て言うか、まるでここだけ時間が止まっているような、そんな不思議な感じがします」

青年の言葉に、ラエルは清らかな微笑を浮かべた。

青年もつられたように笑うと、ちょうどそこへカイトがレモネードを運んできた。

「お待たせしました」

ステンレス製の取っ手とホルダーがついた少し大きめのホットカフェグラスに、たっぷり入ったレモネードには、輪切りのレモンが一枚浮かべられている。湯気と一緒に、レモンの爽やかな香りと蜂蜜の甘い香りが立ち上った。

「温かくて美味しいな。レモネードってこんな味だったんですね」

レモネードを一口飲み、感心したように青年が言う。

「ひょっとして初めてお飲みになるんですか？」

驚いたように尋ねたカイトに、青年ははにかんだ笑みを向けた。

「はい。俺の知り合いの女の子が大好きで、その子がよく飲んでいたんですが、俺自身は今日初めて口にしました」

それから青年は、改めてラエルとカイトの顔を見た。

「初対面でいきなりこんな話をしたら失礼かもしれませんが、少し聞いてもらってもいいですか？」

レモネードの入ったグラスを両手で包むように持ちながら、青年が遠慮がちにそう言った。

「勿論です」

二人は愛想良く答える。

青年は安心したように表情を緩めた。それから、

「先ほど話した俺の知り合い、美沙希《みさき》という名の中学生の女の子の話なんですが……」

どこか遠くを見るような眼をして、そんな風に話し始めた。

「美沙希の家には一匹の犬がいました。彼女自ら『ブラック』と名づけて、そりゃあもう本当に可愛がっていたんです。溺愛していた、と言うべきですかね」

「ブラック？」

「ええ。全身が真っ黒な毛色のラブラドールだったんです」

「ああ、なるほど」

ラエルが納得すると、青年は思わず破顔した。

「黒いから『ブラック』なんて、単純なネーミングでしょう？　でも、美沙希も犬も、その名前を大変気に入っていました。二人ともとても仲が良くて、家の中でも外でもいつも一緒でしたよ」

大切な記憶を思い出すように細められた青年の目に、何とも言えない柔らかな光が宿る。

「二人ともお互いが大好きなんですね」

青年の様子に、ラエルが感心したように言うと、彼は僅かに目を伏せた。

「はい。実はね、美沙希は少し足が不自由なんです。そのせいばかりではないんでしょうが、大人しくて引っ込み思案で、学校でもなかなか友達が出来なくてね。心配した両親が、彼女の誕生日にプレゼントしたのが、『ブラック』だったんですよ」

「つまり、ブラックは美沙希さんの一番の親友というわけですか」

「そうですね」

穏やかに話し続ける青年を、カイトは黙ったままじっと見つめている。

何か言いたい事があるのを我慢しているようにも見えたが、ラエルはあえて何も言わない。相変わらずもの柔らかな口調で、青年に話の続きを促す。

「それで、美沙希さんとブラックは、今どうしているんですか？」

問われた途端、青年はほんの少し顔を曇らせた。今までの滑らかな語り口とは違い、歯切れ悪く言い淀む。

「どうかされたんですか？」

ラエルが心配そうに問いかける。

青年は少しの間逡巡した後、やっと重い口を開いた。

「昨年、ブラックが交通事故で死んだんです。それ以来、美沙希はすっかり塞ぎ込んでしまって。一日中ぼんやりとして、食も細くなるし、全然笑わなくなってしまいました」

「いわゆる『ペットロス』というものでしょうか？」

「ええ、そうなんでしょうね。ブラックの写真を見ては泣いてばかりいるそうですから」

　そう語る彼自身も、今にも泣き出しそうな顔をしている。

カウンターに置いた手をぎゅっと握り締めて、何とか平静を保とうとしているのが分かる。強く握られた指先は白くなり、噛み締められた唇も痛々しい。

「彼女にとって、ブラックの存在はとても大きかったのですね」

　ラエルの労《いたわ》るような言葉に、青年は深いため息を吐いた。

「そうなんです。見かねた両親が、ブラックの代わりとして、白いトイプードルをもらってきたんですが、美沙希は仔犬にまったく見向きもしない。『ブラック以外の犬なんていらない』と言って、部屋に閉じこもったままなんです」

　そう言って彼は俯いた。

　茶色い瞳が悲しそうに揺れている。

「いったいどうしたらいいんでしょうね？　このままじゃ可哀想です、美沙希も、その仔犬も」

　俯いたままそう言う彼に、カイトがそっと手を差しのべる。強く握られたままの青年の手に、自分の両手を重ねて包み込む。

　青年は驚いて顔を上げると、カイトの顔をじっと見つめた。

　カイトはまっすぐに彼の目を見て、しっかりと頷いた。

「大丈夫。きっと大丈夫ですよ」

カイトの琥珀色の瞳が優しく笑いかけていた。

＊

美沙希は机の上に顔を載せ、そこに飾られた写真をじっと眺めていた。

写真の中で、黒い大きな犬と美沙希が寄り添い合って笑っている。二人ともとても仲睦まじく、とても幸せそうに見える。

写真立ての前には、桜色の貝殻と青や緑色のシーグラスが並んでいた。散歩をするたびに、愛犬のブラックと一緒に拾い集めた物で、美沙希にとっては写真と同じくらい大切な思い出の品だ。

「ブラック」

額に嵌められたガラスの上から、そっと写真をなぞろうとするが、指先が僅かに震えて、爪がカチカチとガラスに当たる。その音に不快そうに顔を顰めてから、美沙希はきゅっと唇を噛み締めた。

「ブラック……」

すると、

「クゥーン」

足元から小さな鳴き声が聞こえてきたため、美沙希は咄嗟に顔を上げて、声のした方に視線を落とす。

そこにいたのは、見慣れた大きな黒い体ではなく、何とも頼りなさそうな白い小さな塊。彼女を見上げているのも、懐かしい茶色い瞳とは違う、ボタンみたいにまん丸な黒い目だった。

「キュウウーン」

仔犬は、美沙希が自分を見てくれた事が嬉しかったのか、小さな赤い舌を出しながら一生懸命に尻尾を振っている。愛嬌のある顔が何とも可愛らしい。

一瞬、美沙希の表情が優しく緩む。

仔犬に触れようと手を伸ばしかけて、けれどすぐにハッとしたようにその手を引っ込めた。写真の中のブラックを気にするかのように、顔を強張らせて、慌てて仔犬から視線を逸らしてしまう。

「クゥーン。キューン」

美沙希が振り向いてくれた嬉しさ。そして、それがたった一瞬だけのものだった寂しさ。両方がない交ぜになった感情を、仔犬は何とか美沙希に訴えようと尻尾を振り続ける。

あまりにも力一杯振るせいで、尻尾だけでなくお尻まで一緒に動いていた。

仔犬は必死だった。

しかし、美沙希は意地でも仔犬の方を見ようとしない。それどころか、

「うるさい！　あっちへ行って!!」

仔犬を邪険に追い払おうとする。

それでも仔犬が傍を離れずに尻尾を振り続けていると、美沙希はじっとブラックの写真を見つめながら冷たい声で言った。

「ねえ、私、喉が渇いた。台所からペットボトルのレモネードを取ってきてよ」

仔犬は訳が分からずに首を傾げる。

ただ美沙希が自分に話し掛けてくれたのが嬉しくて、彼女の笑顔を見たくて、その場でひたすら尻尾を振り続ける。こうして傍にいて、尻尾を振り続けていれば、きっと彼女が喜ぶに違いないと信じているかのように。

仔犬の純真な様子が、美沙希をますます苛つかせた。

「聞こえないの？　レモネードを持ってきてよ!!」

美沙希が大声を出すと、仔犬は尻尾を振るのを止め、困ったような表情でしょぼしょぼと少女を見上げた。

美沙希は顔を赤くさせながら仔犬を見下ろし、小さな白い体を睨みつけた。声を硬

くして、わざと意地悪く言う。

「ブラックはちゃんとやってくれたのに、あんたはしてくれないの？」

「クゥーン」

切ない声で仔犬が鳴いた。

それでも黒い瞳はきらきらと輝き、彼女の事を微塵《みじん》も疑っていない。

「何よ！」

あくまでもまっすぐに自分を見つめてくる黒い瞳に、美沙希はいよいよ癇癪を起こした。

「そんな目で私を見ないでよ。あんたなんか——」

美沙希の唇が震えた。

涙が滲《にじ》んで、仔犬の輪郭がぼやけて見える。

こんな事を言いたいわけではない。この仔犬が悪いわけでも勿論ない。

ただ悲しかった。悔しかった。寂しかった。

そんな狂おしい感情を抑える事が出来なくて、どうしようもなかった。

言ってはいけない、そう思いながら、激情のままに溢れ出た言葉を、美沙希は止められなかった。

「あんたなんか、ブラックの代わりになれるわけないじゃない‼」

口にした瞬間、美沙希はベッドに倒れ込み泣き伏した。

一気に押し寄せてきた罪悪感が、より一層、彼女の心を苦しめた。

最低だと思った。何もかも最低だ。

（もう、どうしたらいいか分からないよ、ブラック）

美沙希は激しく嗚咽《おえつ》した。

仔犬は困ったように首を傾げて、その場に座り込んでいる。寂しそうに目をぱちぱちとさせながら、それでも立ち去る事も、美沙希から目を離す事もしない。

美沙希が顔を上げて、もう一度自分を見てくれるのを待っているかのように、そこに座り込んで、いつまでも小さな尻尾を振り続けていた。

＊

「いったいどうしたらいいんでしょう？」

青年は悲しそうに顔を歪めた。

彼の茶色い瞳が、縋るようにラエルとカイトを見る。

「カイト……」

ラエルがためらいがちに黒髪の店員の名前を呼んだ。

しかし、カイトはじっと青年の顔を見つめているだけだ。琥珀色の瞳はとても落ち着いていて冷静だ。

「大丈夫ですよ」

カイトは再び言った。

その言葉に、青年は力なく首を振ると、カウンターに両手の肘をつき、自分の頭を抱え込んだ。

「大丈夫だなんて、俺にはとてもそうは思えない。このままでは、あの子も仔犬も、どちらも不幸になってしまう。それを黙って見ているしかないなんて、俺には耐えられないんです」

青年が苦しい胸の内を吐露する。

カイトは少しだけ眉を顰《ひそ》めた。小さなため息を一つ吐き出してから、どこか諭すような口調で彼に話し掛ける。

「大丈夫。あの子たちなら、きっと大丈夫です」

カイトのその言葉がどうにも無責任に思えて、青年はあからさまに不快そうな表情を向けた。

「何であなたにそんな事が言えるんだ。あなただって分かるでしょう？　美沙希はブラックを忘れられない。ブラックのために、仔犬を遠ざけようとしている。本当はとってても優しい子なのに、ああやってわざと仔犬に辛く当たっているんです」

「そうですね。きっとそれがブラックへの愛情の証だと、美沙希さんは思っているんでしょう」

カイトが頷くと、青年はがっくりと項垂れた。

「それなら、どう考えたって大丈夫なわけがないじゃないか。美沙希にちゃんと気づかせてあげないと。今のあの子にとって、本当に大切なものが何なのかを」

もどかしそうに立ち上がろうとした青年を、カイトが押しとどめる。

思わず文句を言おうとした青年に、カイトは静かに言った。

「あなたはあの子たちを信じてあげられないのですか？」

「え？」

たちまち青年の顔色が変わる。

青年は当惑したように目をしばたたかせた。

「あの子たちならきっと大丈夫です」

「しかし――」

青年はためらった。

いったい何を根拠にそんな事が言えるのだろう。

戸惑う彼に、カイトは迷いのない瞳を向ける。

「あなたがそう信じてあげなかったら、本当にあの子たちはこのまま、何も変わらないままになってしまいますよ」

青年は言葉をなくす。

カイトは更に言った。

「どうか信じてあげてください。あの子たちの事を一番よく分かっているのは、ほかの誰でもない、あなたなんだから」

「……」

＊

「じゃあ、行ってきます」

沈んだ声と同じくらい浮かない顔で、美沙希はしぶしぶ玄関の扉を押し開けた。

扉の隙間から冷たい風が入り込んできて、ますます憂鬱になる。春だというのに、外に出るとまだまだ肌寒い。

気を取り直して真新しいリードを持ち、不自由な足を少し引きずりながら玄関を出て行く。

リードの先には、白い小さな仔犬。こちらは、美沙希と初めて一緒に散歩に行けるのが嬉しくてたまらない様子だ。

「行ってらっしゃい」

つとめて明るい声で言いながら、父親と母親は心配そうに美沙希と仔犬を見送る。

そんな両親に、美沙希はぎこちなく微笑んでみせる。彼女にとっては精いっぱいの笑顔だった。

「ほら、行くよ」

取り繕った笑顔を貼り付けたまま、囁くような声で仔犬を促す。

美沙希の憂鬱な様子とは反対に、仔犬は嬉しさのあまりキャンキャン吠えながら、彼女の周りをぐるぐると回った。回りながら、小さな尻尾を休みなく振り続けている。

「ねえ、美沙希」

仔犬には目もくれず、さっさと門を出て行こうとする背中に、母親が思い切って声を掛けた。

「その子の名前、早くつけてあげなさいね」

母親の言葉に、美沙希は黙って頷いただけだった。

美沙希と仔犬は、家の近所にある海岸を散歩していた。

春まだ浅い海にはほかに誰の姿もなく、美沙希はリードを外して仔犬を自由にしてやった。仔犬は喜んで駆けて行く。

「元気いいな」

呆れたように呟いてから、美沙希は砂浜に座り込み、少しくすんだ碧い海面を眺めた。

それから、いつもの癖でつい砂の中を指先で探ってしまう。こうして海辺に散歩に来ると、ブラックと貝殻やシーグラスを探すのが日課になっていたから。

ブラックはいつも上手に綺麗な貝殻やシーグラスを探し当てていた。美沙希が行けないような遠い場所や波打ち際まで走って行って、貝殻やシーグラスを取ってきてくれたのを思い出す。

もうブラックはどこにもいないのに。

「ブラック……」

ぽつりと口から漏れた言葉。

すると仔犬が美沙希の傍に走り寄って来て、嬉しそうに尻尾を振った。

「あんたの名前じゃないでしょ」

仔犬の様子を苦笑して見つめながら、美沙希は思い切って仔犬の小さな頭に触れる。

「あったかい」

そう言いながら、仔犬の頭を撫でた。

仔犬は気持ち良さそうに目を閉じて、美沙希に甘えるように尻尾を振り続けている。

時々目を開けて美沙希を見上げる仕草が何とも愛らしくて、美沙希の口元にも知らず知らずに笑みが広がっていく。

「ねえ」

美沙希が口を開きかけたその時。

突然、強い風が吹きつけて、美沙希の頭に載っていたコサージュのついたピンク色の帽子を高く舞い上げた。

「あっ！」

慌てて帽子を掴もうとしたが、帽子は風に乗って一気に遠くまで飛んで行ってしまう。

しばし春風に弄《もてあそ》ばれた後、帽子は砂浜から数メートルほど離れた海にポトリと落ちた。

「あーあ」

美沙希はため息を吐いて、帽子を拾おうと立ち上がった。

砂に足を取られてもたついていると、傍にいた仔犬が心配そうに一声鳴いた。

「キャン」

まるで「任せて」とでも言うように、海面に浮かぶ帽子めがけて一目散に駆け出して行く。

「待って！」

慌てて引き止めたが、その時にはもう仔犬は海の中に入ってしまっていた。水の冷たさに怖気づく気配もなく、どんどん帽子を追いかけて行く。

「そんなものいいから戻っておいで、――」

仔犬の名前を呼ぼうとして、美沙希は愕然とした。

そうだ。仔犬にはまだ名前がないんだった。呼び戻すにしたって、名前がなくちゃどうにもならない。

美沙希が躊躇しているうちに、仔犬の小さな体が波間に消えた。

「あっ！」

美沙希は驚いて身を乗り出した。

打ち寄せた波に呑まれて、帽子を咥《くわ》えたまま仔犬の小さな体がころころと転がる。

「早く！　早く！　戻っておいで!!」

美沙希の呼びかけに、仔犬も必死になって足を動かす。だが寄せては返す波の勢いに押されて、仔犬の足は空しく水をかいただけだった。

あっという間に、仔犬も帽子も流されていってしまう。

「いやっ!!」

美沙希は悲鳴を上げた。

仔犬を助けようと急いで海に入ったが、波の力は思いがけず強くて、美沙希の不自由な足をもつれさせた。そうしている間にも、仔犬と帽子はどんどん岸から遠ざかって行く。

「嫌だぁ！　連れて行かないで‼」

美沙希が悲痛な叫びを上げた時だった。

突然、黒い影が美沙希の脇をすり抜け、ものすごい速さで海へ向かって走って行った。見る見るうちに仔犬に近づくと、小さな体を波間から拾い上げた。

全身からぼたぼたと水を垂らしながら、それを振り払おうと仔犬は大きく体を震わせた。どうやら無事のようだ。

安心した途端、力が抜けたように、美沙希はがくがくと膝を震わせた。

先ほどまでの恐怖と、助かったという安堵感がごちゃまぜになって、美沙希は声を上げて泣き出してしまった。

「うっ、うっ。良かった」

そんな彼女に、仔犬を抱きかかえた青年がゆっくり近づいてくる。

「はい」

青年は笑いながら美沙希に仔犬を手渡す。

「あ、ありがとう、ございます」

震える声で何とか礼を言いながら、美沙希はしっかりと仔犬を抱き留めた。

仔犬はびしょ濡れになって震えているが、口にはしっかりと帽子が咥えられている。

美沙希はそれを見て、呆れたように笑った。涙を零しながら。

「もう、あんたってば。あんなにもみくちゃにされたのに、それ離さなかったの？」

「アン」

ぶるぶると全身を震わせながら、それでも嬉しそうに仔犬は吠え、美沙希の顔を見ながら夢中で尻尾を振った。美沙希は仔犬をぎゅっと抱き締めると、自分の着ているカーディガンの中に抱え込んで、震える小さな体を温めてやった。

仔犬の尻尾が更に高速で振られる。

美沙希は何度も仔犬の頭を撫でた。

「よしよし。分かったよ」

それから、美沙希は改めて青年に向き直ると、

「本当にありがとうございました」

丁寧に頭を下げた。

青年の茶色い瞳が、美沙希と、彼女の腕の中にいる小さな白い仔犬をじっと見つめる。とても優しい眼差しだった。

（あれ？）

そこで美沙希はふと違和感を覚えた。

仔犬を助けるために、青年は首まで海水に浸かったはずだ。それなのに、彼が着ている黒いセーターも黒いジーンズも少しも濡れていない。

（いったいどうして？）

不思議に思いながら顔を上げて、青年の顔をまじまじと見つめた。

おだやかな笑顔、優しい茶色い瞳。以前にどこかで会ったような……。

「可愛い仔犬ですね」

美沙希の戸惑いをよそに、青年は優しく彼女に笑いかける。

「その仔犬は、君の事が大好きなんだね」

心から嬉しそうに言う。

柔らかな低い声。その声にも覚えがあるような気がしてならないのは、美沙希の気のせいだろうか。

「あの――」

美沙希が何かを言おうと口を開きかけた時、それを遮るようにして青年が彼女に言った。

「俺はたくさんのものを君にもらった。そして、たくさんのものを君にあげた。どうかそれを無駄にしないで」

「え？」

美沙希が青年を見上げると、青年は笑いながら美沙希の手を取り、何かをぎゅっと握らせた。それから、もう片方の手を伸ばして仔犬の頭を軽く撫でる。

「これから、いっぱい可愛がってもらうんだよ」

そう言って、美沙希と仔犬にくるりと背を向けた。

そのままどんどん歩いて行ってしまう。

美沙希は急いで青年からもらったものを確認する。それは大変珍しい黒色のシーグラスだった。

美沙希の喉がひゅっと音を立てる。

黙々と去って行く後ろ姿に、美沙希は慌てて声を掛けた。

「待って！」

青年がピタリと足を止める。

しかし振り向こうとはしない。

青年の黒くて大きな背中に、美沙希は問いかけるような視線を向けた。

やっぱりこの青年を知っている気がする。大きくて優しくて温かくて、懐かしい匂いがする。絶対に思い違いなんかではない。そう思う。

馬鹿げた話だと笑われそうだが、何故だか美沙希には確信があった。

だから、このまま別れたくない。

「あの、あの……」

勢いで声を掛けたものの、何と言ったらいいのか分からない。

でも何かを言わなくては。せめて何か一言でもいいから。もう二度と青年には会えない気がするから。

美沙希は焦った。

青年は振り返らず、そうかといって立ち去る事もせずに、じっと彼女の言葉を待っている。

美沙希はやっと口を開いた。

「そうだ。この子の名前、『ましろ』にします」

「ましろ？」

青年は背を向けたまま尋ねた。

美沙希はきっぱり頷くと、大きな声で言った。

「だって、この子ったら真っ白だもの。だから『ましろ』。ね、いい名前でしょう？」

尋ねた彼女に、青年は少しだけ顔を向けた。そして、

「相変わらずセンスないなぁ」

呆れたように微笑んだ。
それから青年はもう二度と振り返らず、ゆっくりと砂浜を歩いて行った。
美沙希は黙って青年の背中を見送る。仔犬を抱く腕にそっと力を込めながら。
やがて青年の姿が小さくなって、もうただの黒い点にしか見えなくなった頃。
その黒い点が、波に弾かれて煌《きらめ》く陽光に溶けていく瞬間。
美沙希は小さな小さな声で囁いた。
「さよなら、ブラック」

薔薇の名前　―1 year ago―

誰も訪れる事のないような山の中。深い緑に囲まれたしじまの中に、その店はひっそりと建っている。

赤いレンガ造りの壁と、ステンドグラスのある大きな木の扉が目印の『喫茶・雑貨猫目堂』には、今日も三人の常連客が訪れ、各々好きなように過ごしていた。

「最近の調子はどうなの？」

珍しく声を掛けてきたのは、普段は口数の少ないインテリ風の黒髪美人。ほかの二人の常連客――優しそうな年配の紳士と、天使のように可愛い顔をした小さな子供が会話に入ってくる。

「あいかわらず暇そうだよね」

からかうように子供が言えば、

「まあ、いいじゃないか。静かで落ち着いた雰囲気が、この店の良さでもあるのだから」

老紳士が庇《かば》うように言う。

「褒め言葉と受け取っておくよ」

二人の店員のうち黒髪のカイトが、手慣れた様子でコーヒーを淹れながら苦笑する。

「さあ、コーヒーが入ったよ。どうぞ召し上がれ」

カイトがコーヒーを差し出すと、三人は揃ってカップを傾けた。

「美味しい。カイト、ずいぶん上手になったじゃない」

「本当だ。最初の頃とは大違いだね」

美人と子供が遠慮なく感想を述べる。カイトはまたしても苦笑いを浮かべた。

それを横目で見ながら、老紳士がもう一人の店員である金髪のラエルに話し掛ける。

「カイトもずいぶん慣れてきたようだね。もうすっかり一人前だ」

「そうだね、これならきっと――」

ラエルが言いかけた時だった。

カランカランカラーン……

『猫目堂』の扉に取り付けられたドアベルが、ひときわ澄んだ音色を奏でた。

その音に思わず入り口の方を振り向くと、そこには綺麗に結い上げた白髪に濃いオレンジ色の薔薇を挿した一人の老婦人が立っていた。かなり高齢で、もしかしたら九十歳を超えているかもしれないが、まっすぐに伸ばされた背筋や、活き活きとした表情はとても若々しい。

「お邪魔してもよろしいかしら？」

上品な口調で老婦人が尋ねる。

「勿論です」

「さあ、どうぞこちらへ」

二人に促されて、老婦人はカウンター席に腰掛けた。

よく見れば髪ばかりでなく老婦人が着ている服の胸元にも薔薇が飾ってある。どれも同じ薔薇のようで、深く鮮やかな夕焼け色をしていた。

「人と待ち合わせをしているの」

もの問いたげなカイトの視線に、老婦人は笑ってそう言う。とても品のある優しい笑い方だった。

笑顔を保ったまま、老婦人は入り口の扉に目を向けた。

「素敵なステンドグラスね。中心にあるレンガ造りの建物は、このお店なのかしら？」

「おっしゃる通りです」

老婦人の質問にラエルが答える。

「建物の前に黒猫ちゃんがいて、後ろにクリスマスツリー。黒猫ちゃんの両側にあるのはテディベアと、ハンドルがついている小箱、あれはオルゴールね。四つ角の飾り枠は、タンポポ、白いライラック、それから貝殻と一緒にある色とりどりの……あれは何かしら？」

「シーグラスです」

カイトの言葉に、得心したように口元を緩めた。

「ああ、なるほどね。変わった模様だけど、とっても素敵。遠い昔、私が住んでいた家にあったステンドグラスを思い出すわ」

明るい口調で言う。

「ご注文は何になさいますか？」

ラエルが尋ねると、老婦人は一寸だけ思案してから、

「ウィンナコーヒーをいただけるかしら？　若い頃に好きで、よく飲んだものなの」

少女のように瞳を輝かせてそう言う。

「かしこまりました」

ラエルも笑顔で頷くと、老婦人のために、とっておきのコーヒー豆を挽き始めた。

フレンチローストの香ばしい芳香がゆうらりと店の中を漂う。

「綺麗な薔薇ですね。それに、とても良い香りがしますね」

カイトがうっとりしながら鼻を動かすと、老婦人は嬉しそうに顔をほころばせた。

「褒めてくださってありがとう。この薔薇はね、昔、ある人が私にくれたものなの」

はにかみながら言う様子は、老女とは思えないほど可愛らしい。

「へえ、そうなんですか」

「ええ。これは、その人の思い出が詰まっている大切な薔薇」

懐かしそうに細められる瞳の中で、微かに何かが煌めいた。

「その人は、あなたにとって、とても大切な方なんですね」

カイトが言うと、老婦人は少しだけ目を見開いて、それから花が咲くように微笑した。

「ええ、そうね、とても大切な人。彼は、私の幼なじみだったのよ」

老婦人はその頃を思い出すように静かに目を閉じた。

＊

昔ね、私はこう見えてもちょっとしたお嬢様だったのよ。

ふふ、おかしいでしょう？　でもね、戦前はまだ華族だの士族だのという家柄が残っていて、私の家もそんな中の一つだった。

私の家の庭には大きな薔薇園があって、専属の庭師がいたのよ。無愛想で滅多に笑わないような人だったけれど、真面目で根は優しくて、私は幼い頃からその庭師にとても懐いていたわ。庭師には私より二つほど年上の息子さんがいたので、私はその息子さんともよく遊んでいたの。

私たちはお互いを『英輔《えいすけ》』、『皐月《さつき》』と名前で呼び合ったわ。私たちの間で身分なんて関係なかった。

英輔は父親の仕事を熱心に手伝って、時々は薔薇の交配なんかも手がけていたみたいね。

「いつか、僕が作った新種の薔薇を皐月にプレゼントしてやるよ」

それが子供の頃の彼の口癖だった。

私の両親は、私と英輔が仲良くするのをあまり快く思っていなかったようだけれど、私はそんな事ちっとも気にしなかったわ。

女学校の同級生たちとおしゃべりをして過ごすよりも、英輔や彼の父親と庭で過ごす方が余程楽しかった。

誰にも打ち明けられないような事も、彼にだけは話すことが出来たわ。それは英輔だって同じ。

私と英輔は、本当に心を許し合っていたお友達だったの。

でもね……。

あなたたち若い世代の人たちには『赤紙』なんて分かるかしら？

そう。太平洋戦争中に配られた召集令状。それがね、ある日、英輔のもとにも来たの。

「お国のために」

若い人たちは、みんなそう言って戦地に旅立って行った。家族もそれを誇りに思って、笑顔で見送るのが決まりだったのよ。

でも、そんなのは建前で、本当は送る方も送られる方も身が切られるような思いだったの。だけど、そんな事を口にしたら、たちまち『非国民』と罵られてしまう。

本当の気持ちは心の奥に閉じ込めたまま、私たちは兵隊にとられていく人たちを笑顔で見送ったわ。みんなで並んで、小さな日の丸の旗なんか振ってね。

だから英輔に赤紙が来た時も、彼の父親も私もこう言うしかなかったの。

「おめでとう、英輔。お国のために精いっぱい戦っておいで」

残酷な言葉よね。

死地に向かう人に、おめでとうだなんて。お国のために戦ってこいだなんて。まるで死ねと言っているのと同じ事よ。

でも、そう言うしかなかった。

英輔も笑顔で答えたわ。

「はい。お国のため、この命を賭《と》して尽くします」

そうして、英輔は旅立って行った。

忘れもしない。昭和十九年の秋のはじめに、英輔は戦地に向かったの。

私に一本の薔薇の苗木を残して。

「僕が帰って来るまで、この薔薇を預かっていてくれませんか？」

「ええ、いいわ。ねえ、英輔。この薔薇の名前は何と言うの？」

「それは、無事に戻って来たらお教えします」

「そう」

私は英輔の目をじっと見つめた。とても澄んだ瞳だった。

「私、あなたの帰りを待っているわ。だから、必ず無事に帰って来てね」

私が言うと、英輔は綺麗な黒い瞳で私をまっすぐに見て、

「はい。必ず……、必ず戻って来ます」

はっきりと頷いたの。

けれどね。彼は帰って来なかった。

彼が配属された先は特別な場所でね。

若い兵隊さんばかりを集めた『神風特別攻撃隊』という部隊で、飛行機に二五〇キ

ロ爆弾を積んで、文字通り神風のように敵機に体当たり攻撃をするのが任務だった。

分かるでしょう。最初から、死ぬために基地を飛び立って行くのよ。二度と戻って来られないと分かっていて、それでも命令だから行かなくちゃならないの。

英輔が神風特攻隊として飛び立ったのは、だいぶ敗戦の色が濃くなってきた時期だった。

そう。ちょうど英輔が大海原に向かっていた頃、日本はもうどうしようもない状態だったわ。その頃には、どんなに頑張っても日本は戦争には勝てないと、誰もが心のどこかで知っていたのよ。

そして終戦――。

天皇陛下の詔勅《しょうちょく》のラジオ放送、あれは今でも決して忘れられないわ。

これでやっと戦争が終わる、英輔が帰って来る。何も知らない私はそう暢気に考えていたの。

その時には、もうあの人は、とうにこの世からいなくなっていたというのに。

＊

老婦人の目から一筋の涙が零れた。感情に任せて泣くのではなく、ただただ静かな涙だった。

カイトはそれを見て、老婦人にそっとハンカチを差し出す。

「どうもありがとう」

老婦人はおだやかに微笑むと、目尻に残る雫を拭った。

「国の大義名分や利益、そんな難しい事は私には分からない。けれど、戦争はとても嫌ね。戦争はただ大切なものを失うだけのものよ。二度と、……もう二度とあんな思いはしたくないわ」

「……」

カイトもラエルも無言だった。無言でじっと彼女を見つめていた。

すると、老婦人は少し照れくさそうに肩を竦めて、わざと明るい声で言った。

「ごめんなさいね。年寄りが辛気臭い話をしてしまって」

「いえ」

「もう何十年も昔の話よ。今を生きる人たちにとっては、それこそ現実感のない話。きっとそのうち歴史の底に埋もれてしまうわね」

そう言って屈託なく笑う。

老婦人の目の前へ、カイトが淹れ立てのウィンナコーヒーを置いた。

赤やピンク色の薔薇の花が描かれ、金で縁取りされた繊細なカップの中に、生クリームで作られた満開の薔薇が一輪浮かんでいる。純白の花びらを際立たせるように、ほんの少しだけシナモンパウダーがかかっていた。

「まあ、素敵」

老婦人の瞳が輝いた。

「何だか飲むのがもったいないくらい」

そんな事を言いながら、そろそろとカップに口をつける。ほろ苦いコーヒーと甘いクリームのハーモニーが口の中いっぱいに広がった。

「あら、コーヒーにも少し甘味があるみたい。でも、全体に甘いわけではないのね」

「カップの底に少しだけザラメを入れてあるんです。上からコーヒーを注ぐ事で甘さが全体に広がらず、甘い層と苦い層が楽しめるようになっております」

カイトの説明を聞きながら、さらにもう二、三口ほど飲む。

「本当に美味しいわ」

感心したように言うと、

「ありがとうございます」

カイトも嬉しそうに微笑んだ。それから、

「あの……」

上機嫌でウィンナコーヒーを飲む老婦人に、カイトはおずおずと声を掛けた。

「何かしら？」

「その、髪と胸元に挿しておられるのが、英輔さんの薔薇なんですね？」

老婦人は指先でそろりと花びらに触れた。

「ええ、そう。結局この薔薇の名前は分からずじまいだったけれど、私は英輔の父親に頼み込んで、この薔薇の苗木を英輔の形見としていただいたの」

「そうですか」

カイトと話している老婦人の声はとても穏やかだ。そこには悲しみも後悔も感じられない。かつてあったはずの様々な感情は、今はただ過去の出来事として、静かに老婦人の心の奥底にしまってあるようだった。

「私の家も庭も、空襲ですっかり焼けてしまってね。これだけが、私にとって唯一の英輔との思い出なのよ」

話しながら、彼女はもう一度愛しそうに薔薇の花に触れた。

「戦争が終わってしばらく経ってから、私は両親に勧められるままお見合い結婚したの。來栖《くるす》という人で、会社を経営していて、とても優しい人だったわ。やがて子供が生まれ、大勢の孫にも恵まれてね。十数年前に主人を見送るまで、本当に必死に生きてきたわ。後ろを振り返る暇なんてなかった。この年まで、ずいぶん長生きしたと思うわ」

老婦人は薔薇を撫で続ける。その瞳は、どこか遠い景色を映しているようだった。

もしかしたら彼女の心は、ずっと思い出の風景を見続けているのかもしれない。

「私ね、主人の事も、子供たちや孫たちの事も、真実本心から愛しているわ。でもね、最期はこの薔薇に囲まれてこの世を旅立ちたかったの。それが、たった一つの私の我が儘ね」

老婦人は、そう言って艶《あで》やかに笑った。

黙って老婦人を見つめているカイトとラエルに、無邪気に問いかける。

「こんなおばあちゃんが、髪に薔薇の花なんか挿していておかしいでしょう？」

ふふふ、と笑う老婦人に、

「いいえ。そんな事はありません」

「とてもよくお似合いですよ」

二人は口々に言った。

「ありがとう」

老婦人は微かに頬を染める。

「これはね、目印なのよ。もう一度めぐり逢えた時に、英輔に私だと分かるように。こんな皺くちゃのおばあさんになってしまったけれど、間違いなく幼なじみの皐月なのだと分かってもらうために。そのための目印なの」

老婦人が少女のように笑った時だった。

カランカラン……

ドアベルが澄んだ音を立て、木の扉がゆっくりと開かれる。

それと同時に一人の青年が店の中に入ってきた。まだ二十歳前くらいだろうか。端整な顔立ちに、銀縁の眼鏡をかけている。白いシャツにも濃いグレーのズボンにも、綺麗にアイロンがかけられているのが印象的だ。

「いらっしゃいませ」

カイトとラエルが愛想よく声を掛けると、青年はにこりと笑った。

「こんにちは」

青年は迷う事なくカウンター席に近づいて、

「お隣に座ってもよろしいですか？」

老婦人に尋ねた。

「え、ええ。どうぞ」

老婦人は驚きながら頷いた。しかし、青年の顔から視線を外せないでいる。

自分の隣に座る青年をまじまじと見ながら、老婦人は胸元の薔薇を抜き取り、おそるおそる青年に差し出した。

「あなた、ひょっとしてこの薔薇の名前をご存じないかしら？」

言葉を選ぶように慎重に尋ねる。

青年は老婦人の手から夕焼け色の薔薇を受け取り、その芳香を吸い込んだ。

束の間、青年は黙って薔薇の花を見つめていた。

そんな青年の横顔を、老婦人は期待と不安の入り交じった眼差しでじっと見守っている。

やがて、青年はその薔薇の花を老婦人へ返すと困ったように言った。

「残念ながら、僕には分かりません」

老婦人の目が明らかに落胆の色を滲ませた。

「そう。そうよね」

老婦人のあまりにも気落ちした様子に、青年はますます困ったように眉尻を下げる。

何とも申し訳なさそうに老婦人に丁寧に頭を下げてから、青年ははっきりと言った。

「すみません。でも本当に分からないのです。その薔薇が、今はいったい何と呼ばれているのか」

「え？」

青年の言葉に、老婦人はのろのろと顔を上げた。

老婦人と目が合うと、青年は無邪気な笑顔を見せた。

「その薔薇の名前を、僕は教えないまま旅立ってしまったから。その後で君がどんな名前をつけたのかは知らないんだよ、皐月」

老婦人の目が大きく見開かれる。

いや。すでに彼女は老女の姿ではなくなっていた。数十年前、幼なじみの青年と別れた時の瑞々しい乙女の姿になっていたのだった。豊かな緑の黒髪をハーフアップにして、頬を薔薇色に染めた少女の皐月がそこにいた。

「英輔、なの？」

皐月は震える声で尋ねた。両目には、すでに大粒の涙が溢れている。

青年──英輔は、そんな彼女の顔を見つめて優しく頷いた。そして言った。

「その薔薇の名前、僕はこうつけていたんだ」

「なんて？」

「メイ・ラブ」

「えっ？」

「僕の一番大切な人の名前と、僕の本当の気持ちを、その夕焼け色の薔薇に託したんだよ」

「……」

皐月は無言で英輔を見つめると、両腕を伸ばして彼に抱きついた。

英輔はしっかりと彼女を抱き締め返すと、その耳元に優しく囁いた。

「ただいま。長い間待たせてしまってごめんね、皐月」

「いいの。もう、いいの」

皐月の声はすっかり涙に濡れていた。

「おかえりなさい、英輔。おかえりなさい」

英輔の胸に顔を埋めて、皐月は何度も繰り返した。


皐月と英輔の二人は、並んで『猫目堂』の扉を開けて出て行った。

もう二度と離れないとでもいうように、二人はしっかりと手を繋ぎ、お互いを見つめ合いながら歩いて行く。二人の顔は薔薇色に輝き、皐月の黒髪には、鮮やかな夕焼け色の薔薇が誇らしげに飾られていた。

幸せそうに笑い合う二人を、カイトとラエルも笑顔で見送る。

二人の姿が夕焼けの中に溶けて、完全に見えなくなった頃を見計らって、ラエルが店の奥にあるボックス席へ向かって声を掛けた。

「本当によろしかったんですか？」

その問いかけに、一人で座っていた紳士が片眉を上げる。

「いったい何の事だね？」

ラエルは答えず、ただ問いかけるような視線を紳士へ向けた。

紳士の名前は來栖和幸《かずゆき》。皐月の夫だった男だ。

來栖はやれやれと言うように軽く首を振ってから、大きく息を吐き出した。

「いいんだよ。彼女の幸せそうな顔を見られて、私も満足だ」

感慨深そうに言った。

それから、ふと苦笑を漏らすと、ラエルとカイトに向かって、こう話し出した。

「私はね、ずっと前から気がついていたんだよ。妻の心の中に、私たち家族以外の者が住んでいる事を」

そう言って笑う顔は、どこか寂しそうだ。

その言葉の通り、來栖は知っていた。

彼の妻が大切にしていた一本の薔薇の苗木、それがいったいどういうものなのか。

あの夕焼け色の薔薇の花が、妻にとってどんな意味を持っているのか。

來栖はもう大分昔からその事を知っていたのだ。

來栖と妻とは、いわゆる『お見合い結婚』というものをした。家柄が釣り合うからという理由で、本人たちの意思とは関係なく、双方の親が縁談を決めたのだ。

そういう出会いではあったが、來栖から見て、妻はとても良き伴侶であり、理想的な母であり祖母であった。会社を経営している彼を長年の間、公私にわたって支えてくれた。更に彼が年老いてからは、目が不自由になった彼の面倒をかいがいしく見てもくれた。

妻にはいくら感謝しても足りない。

だから彼は、妻の小さな隠し事を見て見ぬふりをした。

妻が何より大切にしている夕焼け色の薔薇。それを妻に託した人の想いが、來栖には分かるような気がした。おそらく彼と來栖の想いは、同じだったのではないだろうか。

しかし、妻に薔薇を託した人は、秘めた想いを胸に抱いたまま太平洋に散った。

その結果、妻の心の半分は永遠にその人のものになってしまった。

「私は、妻が私や子供たちを愛さなかったとは微塵も思わない。妻は確かに私たちを『家族』として愛してくれた。何よりも大切にしてくれた。ただ、彼女の心の半分は、いつもここではないどこか遠い場所にあったような気がしていたよ」

あの夕焼け色の薔薇、その先に続く彼女にしか見えない風景。その景色の中で、彼女はずっと待ち続けていたのだ。帰って来るはずのない待ち人を。

來栖がまったく嫉妬しなかったと言えば嘘になる。正直に言えば、二人の事を恨めしく思った時もあった。

しかしながら、長い間ずっと、良い伴侶であり続けようとする妻の姿を見てきたし、自分や家族に向けられた妻の真心を感じてきた。そんな中で、気が付けば、彼の中の微かなわだかまりは、いつの間にか綺麗さっぱり消えてなくなっていた。

いよいよ自分の最期を悟った時、來栖は妻に内緒で子供たちを呼び寄せた。

「私が死んだ後で、もしもお母さんが何かをしたいと言い出したら、必ず聞いてあげてくれないか。たとえそれがどんな事であっても、お母さんの望みを叶えてやってほしい。お母さんに生涯で一つだけ我が儘をさせてあげようじゃないか」

それが來栖の唯一つの遺言だったが、子供たちは、どうやらその遺言を守ってくれたらしい。

夕焼け色の薔薇に包まれて、妻は幸せそうな顔でこの世を去った。

先に天に召されていた彼は、その様子を遠くから眺めていた。

そうして、夕焼け色の薔薇の導きで何十年かぶりに妻は待ち人と再会し、置き忘れた心をやっと取り戻せたようだ。どうやら待ち人の方でも、長い間ずっと彼女の事を待ち続けていたようだ。

二人は幸せそうに揃って旅立って行った。

そんな二人の様子を見て、不思議な事に來栖はとても満足だった。こんな平穏な気持ちになれるとは、彼自身も想像していなかった。

「彼とはまた違う形で、私も確かに皐月を愛していたよ」

來栖は静かに微笑んだ。

（たとえるならば、彼の愛がすべてを包み込む夕焼けだとしたら、私はせめて君の心に差し込むひとすじの朝日になれただろうか。君の人生を、少しでも照らす事が出来ただろうか）

その答えは知らなくてもいい。

きっと真実は、それぞれの胸の内にだけあるのだから。

「皐月、ありがとう。心から――」

二人の消えて行った夕焼けを、來栖はしみじみと見つめた。

恋人たちもいなくなり、來栖の姿も消えて、しんと静まり返った入り口を見つめながら、カイトがラエルにそっと声を掛ける。

「ねえ、ラエル」

「何だい？」

ラエルはコーヒーを淹れながら、のんびりと答える。

「結局、皐月さんと英輔さんは、ずっと想い合っていたって事だよね？」

「うん。まあ、そうなんだろうね」

ラエルにしては珍しく曖昧な返事に、カイトは複雑な表情をする。

「どうかしたのかい、カイト?」

「なんだかさ」

ぽつりぽつりと語るカイトの琥珀色の瞳が、金色に輝きながら切なそうに揺れている。今にも涙を零しそうな様子を、ラエルは困ったように見つめていた。

「うまく言えないんだけど、こう、胸のあたりがぎゅうっとするんだよ」

言いながら、左手で胸の真ん中を押さえる。

「いったいどうしてだろう?」

「……」

「おかしいよね、こんなの。皐月さんも英輔さんも、皐月さんの旦那さんも、最後はちゃんと満足して幸せになれたのに。みんな、本当に幸せなはずなのに。俺、それを知ってるのにさ。どうしてこんなに心が震えるのかな。おかしいよね」

呟くように言ったカイトの瞳から透明な涙が零れ落ちる。

ラエルは少しだけ呆れたように、でもとても愛しそうに苦笑を漏らすと、手を伸ばしてカイトの頭を引き寄せた。

カイトはゆっくり目を閉じる。閉じられた瞼から、また一つ涙が零れた。

小さな声で何度も「ごめん」と謝る。

「いいんだよ、カイト」

ラエルはそれだけ言うと、いつまでもカイトの髪を撫でていた。このうえなく優しい微笑をその口元に浮かべながら。

窓の外では、鮮やかに輝く夕陽が、今日一番最後の光を地上へと投げかけていた。

エピローグ　終わりとはじまり

帰らなくちゃ。

帰らなくちゃ。大好きな君のもとへ。

もう少し。あとほんの少し。

あの川の向こうに君がいる。僕を待ってる。

さあ、橋を渡って。もうすぐだ。

もうすぐ君に会える。


——ドカッ。


「ねえ、今何かひいたんじゃない？」

「えー？　どうせ猫か何かだろ？」

「うん。小さくて黒っぽいの。土手の方に転がっていったよ」

「車道を突っ切る方が悪いんだよ。そんなん無視無視」

「うん。そうだよね」

おかしいな。
どうして僕はこんな所に寝転がっているんだろう？
ああ、目の前に川が見える。
早く向こうに渡らなくちゃ。君が待ってる。
あれ？　足が動かない。体が動かない。
きっとこの高い草が邪魔をするせいだね。
お願いだから邪魔をしないで。僕はあの子の所へ帰るんだ。
ほら、早く動いて、僕の足、僕の体。
君が待ってる。早く行かなくちゃ。
おや？　なんだか急に暗くなってきたみたい。
いつもよりずいぶん早い日暮れだなあ。
それならなおさら早く帰らなくちゃね。
待ってて。もうすぐ帰るよ。
大好きな大好きな君のもとへ……

＊

「海斗！　海斗ぉー、どこへ行ったのー？」

小さな女の子が、辺りを見回しながら一生懸命声を振り絞っている。

かれこれ一時間もそうして歩いているだろうか。道行く大人たちが心配そうにちらちらと少女を振り返るが、誰も声を掛けようとはしない。

もうすぐ日が落ち、周りはあっという間に暗くなってしまうというのに、少女はまったく気にかける様子もない。

「海斗、どこへ行っちゃったの？　どうしてお家に帰って来ないの？」

少女の両目から大粒の涙が零れ落ちた。まるでそれが合図だったかのように、一気に涙が溢れ出す。こうなるともう止められなかった。

「海斗、えっ、えっ、海斗ぉ……ひっく」

泣きながら、それでも少女は歩く事をやめなかった。

大好きな飼い猫の海斗が家を出てもう一週間。

今までにも海斗がふらりと外へ遊びに行く事はあったが、いつだってどんなに夜遅

くなっても、海斗は必ず自分の家へ、少女のもとへ帰って来た。そのたびに、
「どうせお腹が空いたから戻って来ただけなんでしょ。この薄情者」
少女が準備したご飯にがっつく海斗に向けて、そんな悪態をつきながら、本心では
とても嬉しかったのだ。
海斗にとって帰る家はここだけ。何があっても必ず海斗はここへ戻って来る。少女
はそう信じていたし、それが何より嬉しかった。
それなのに。
今回だけは、待てども待てども海斗は少女のもとへ戻っては来なかった。
二日、三日と待つうちに、だんだん少女は不安になってきた。もしかしたら、海斗
は戻りたくても戻れなくなってしまったのではないだろうか。
「海斗、きっと迷子になっちゃったんだ。今頃、お家に帰れなくてどこかで泣いてい
る。早く迎えに行ってあげなくちゃ」
そう思うと居ても立ってもいられなくなり、少女は慌てて家を飛び出した。
家の周り、通学路脇の草むら、近所の空き地、少し離れた所にある公園。
夢中で探しているうちにどんどん遠くまで来てしまっていたが、そんな事も分から
なくなるくらい少女は必死で海斗を探していた。
たまたま通りかかった近所の人がそんな少女を見かけて、少女の母親に報せてくれ

て、母親が怒ったような泣きそうな顔で少女を迎えに来て、そこでやっと少女は自分が今まで来た事もない見知らぬ住宅街にいたのを知った。

「馬鹿、何やってるの！　心配したでしょ」

母親に叱られて、少女はますます泣いた。

「だって、私が見つけてあげなくちゃ。私が迎えに行ってあげなくちゃ。私が――」

少女は言葉に詰まり、大声で泣いた。

悲しくて寂しくて心細くて悔しくて、もう頭の中がぐちゃぐちゃだった。

すっかり疲れ切って、無言のままぼろぼろ涙を零しながら、少女は母親に手を引かれて家路につく。

宵闇の中、やけにきらきら光る琥珀色の瞳が、その様子をじっと見つめていた。

本当は今すぐにでも駆け出して後を追いたかった。大きな声で少女の名前を呼んで、自分はここにいると伝えたかった。

でも、出来ない。

少女の目には、もう自分の姿は見えないから。いくら呼んでも、少女の耳にこの声は届かないから。

「ごめん」

小さな声を、染まり始めた暗闇が呑み込んでいく。

「ごめんね。でも、いつかまた、きっと――」

＊

その日、カイトには予感があった。久しぶりにあの頃の夢を見たのだ。

小さな女の子と小さな黒い猫。二人はとても楽しそうに笑っていた。

夢の中で、女の子がカイトに言った。

「私たち、かならずまた会えるよね。きっと私、あなたを探し出してみせるから」

――うん。待っているよ。

カイトはにっこりと頷き、幸せな気持ちのまま目を覚ました。

窓の外では、夜通し降っていた雨が上がり、気持ち良いくらい晴れた空が広がっていた。

（ああ、そうだ。きっとこんな日に違いない）

青空を遠く眺めながら、ふいにカイトはそう思った。

（僕たちの約束の日。ずっとずっと果たせなかった君との約束）

それがいよいよ叶う。

った。

カイトにとって待ちに待った日だった。きっと彼女にとってもそうだろう。

嬉しい。それなのに何故だろう、少しだけ胸が痛い。

そんな複雑な気持ちを抱えながら、カイトはいつものように開店の準備に取り掛かった。


「いらっしゃいませ」

カイトとラエルが声を掛けて、女性客が遠慮がちにカウンターに顔を向けた瞬間、カイトには彼女が誰かすぐに分かった。

別れた時から十年以上も経って、すっかり大人になっていたが、見間違えるはずがない。

(あの子だ。とうとう僕を見つけてくれたんだ)

カイトはとても嬉しかった。けれど同時に悲しかった。

彼女の瞳はどこか悲しげに曇り、心の中に消せない傷がある事をうかがわせた。その傷は、あの日、カイトがつけてしまったものだ。

「お待たせいたしました」

コーヒーを差し出したカイトに、

「どうもありがとう」

そう言う声も、何となく元気がなくて寂しそうだった。

(ごめんね)

カイトは心の中でそっと呟いた。

あの日、カイトがしてしまったいくつかの小さなミス。その事が十年以上経った今でも、こんなにも彼女を苦しめている。そう思うと、カイトはとてもやるせなかった。

なんとかして、もう一度彼女にあの頃のように笑ってほしい。そう思った。


「どうしてこれがここにあるの？」

カウンターの脇にあるショウケースを覗き込み、その中にあるものを発見して、驚き立ち上がる彼女。その背後にラエルがゆっくりと近づいていく。

「そちらに見覚えがあるのですか？」

「あるも何も、これ、私のだわ。私が昔飼っていた猫の『海斗』につけてあげていた首輪だわ」

食い入るようにガラス扉の向こうを見つめる彼女に、ラエルは黄色い首輪を取り出してそっと差し出す。

ラエルの青い瞳が、ふうわりと優しい光を宿す。

「よくご覧になってください。本当に間違いありませんか？」

「間違いない。だって、ここに、私の字で『かいと』って書いてあるもの。それにうちの電話番号も」

「そうですか」

ラエルがおだやかな微笑を浮かべ、彼女が不思議そうに振り返る。

その瞬間、カイトは昔のままの小さな黒猫の姿に変身した。

「海斗？　本当に海斗なの？」

彼女が尋ねると、猫──カイトはちょっとだけ首を傾げてから、琥珀色の大きな瞳で彼女を見つめた。

「そうだよ」

カイトが答えた。

「久しぶりだね。元気だった？」

人間の言葉で話し掛ける。

普通ならあり得ない出来事に、それでも彼女は驚かなかった。驚きよりも嬉しさと懐かしさの方が大きかったのだ。再びカイトに出会えた。その奇跡の前では、そんな事どうでもよかった。

「海斗、今までどこにいたの？　ずっとずっと探していたんだよ。あなたがいなくなって、あれからずっと私はあなたを探していたんだよ」

「うん。知ってるよ」

彼女の言葉に、カイトは小さく頷いた。

知ってるよ。君がどんなに一生懸命に僕の事を探してくれたのか。君がどんなに長い事僕の帰りを待っていてくれたのか。知ってる。全部知ってる。ずっと見ていた。遠くから。すぐそばで。ずっと君を見ていたんだよ。

「ごめんね。僕のせいで、君にこんな悲しい思いをさせてしまって」

そう謝るカイトに、彼女は泣きながら首を振る。そしてカイトの小さな体をぎゅっと抱き締める。

大切なものを、もう二度と離さないように。もう二度と見失わないように。

そんな彼女に、

「これから仔猫を迎えに行くんでしょ？」

カイトが尋ねると、彼女はきっぱりと首を振った。

「ううん。仔猫を迎えに行くのはやめるわ。私は、あなたと一緒に家に帰る」

そう言う彼女――そう言ってくれる彼女の言葉に、カイトは素直にうんと頷きたかった。彼女と一緒にあの家へ戻れるならほかには何もいらない、本気でそう思う。カイトだって彼女と同じように、それを心から望んでいた。

だけどそれは許されない事だ。

黒猫の『海斗』の時間は、あの時すでに止まってしまった。それを取り戻す事は出来ない。それだけは、どんなに願っても叶わない。だから、

「ごめんね、僕は一緒には行けない。お願いだから仔猫を迎えに行ってあげて」

心が引き裂かれるような想いで、カイトは彼女に告げる。震えそうになる声を必死に抑えながら。

「どうして？　どうして駄目なの？」

彼女は驚いて尋ねた。

「どうしようもないんだ。僕は君と一緒には行けない」

「どうしようもないって言われても、そんなの分からないよ。海斗、お願い。一緒にお家へ帰ろう？　私はあなたがいればいい。ほかの猫なんていらないよ」

泣きながら懇願してくる彼女に、いったいどうして本当の事など言えるだろう。

今のカイトに出来るのは、せめて心を込めて、言葉を尽くして、彼女に現実を受け入れてもらえるようにする事だけ。

カイトは注意深く言葉を選びながら話す。

「ありがとう。そう言ってくれて、本当に嬉しいよ。でもね、その仔猫は君を待っているよ。僕には分かる。その子にとって、家族になってくれるのは君しかいないんだ。

今もそわそわしながら君が迎えに来てくれるのを待っているよ」

海斗の言葉に、彼女は力なく首を振る。

「だったら海斗も一緒に行こうよ。海斗とその仔猫と私、みんなで家族になればいいじゃない」

それはとても魅力的な提案で、一瞬だけカイトの決心がぐらつきそうになる。

「……」

改めてまっすぐに彼女の顔を見る。

こんなにも愛おしい。だからこそ哀しい。

「お願いだから、僕の分まで、その仔猫を大切にしてあげてよ。君の新しい家族、僕の妹になる子なんだからさ」

そう言う言葉に嘘はなかった。カイトは彼女と仔猫の幸せを心から願っていた。

彼女にも仔猫にも本当に幸せになってほしい。

それが今のカイトの一番の願いだった。

たとえそのためにまた彼女を傷つける事になっても、本当の幸せのために、カイトは彼女にお別れを言わなければならない。

「さよなら」

カイトは涙に濡れた彼女の頬を舐めると、トンと彼女の膝から降りてしまった。

「待って！」

引き留める声も空しく、カイトの姿は一瞬にして消えた。

慌ただしく『猫目堂』から去って行く彼女の後ろ姿を見送りながら、カイトは優しく微笑んだ。

(さようなら、大好きな君。そして、ありがとう)

カイトの心は静かな幸せに満たされていた。

これでやっと歩き出せるに違いない。彼女も、自分も――。

(これからも、ずっとずっと君の事を見守っているよ)

カイトの琥珀色の瞳がうっすらと濡れて金色に輝いた。

「あれで本当に良かったのかい？」

そう尋ねてくるラエルに、

「うん。きっと彼女は大丈夫。新しい家族ともうまくやっていけるさ」

微笑んでカイトは言った。琥珀色の瞳には迷いも悲しみの色もなかった。

ラエルはそんなカイトの横顔を見つめながら、そっとカイトの肩を叩いた。

「ああ、そうだね。海斗《カイト》」

＊

山奥にある小さなバス停。

そこに、カイトとラエルが並んで立っている。

二人の視線の先には、朝靄の中に浮かぶ、緑に囲まれた白い木肌の林と、その奥に見え隠れするレンガ造りの小さな建物。

木の扉は固く閉まり、すでに看板もなくなっていた。まるでもう何十年も放置されていたかのように密《ひそ》やかに佇んでいる。

「ねえ、ラエル」

廃墟のようになった建物を見つめたまま、カイトが声を掛ける。

「何だい？」

「あのお店、どうなるのかな？」

「私たちがここを去ったら、まもなく跡形もなく消えてしまうだろうね」

「……」

黙りこむカイトに、

「仕方ないんだよ。あれはもともと君と彼女のために作られたものだから。役目を終えた今、私たちと同じようにここを去らなければ」

ラエルは困ったように微笑《わら》う。

聞き分けのない子供に言い聞かせるように、優しい口調でラエルは更に言う。

「あの店だけじゃない、このバス停もお役ご免だな。もうこの山奥に迷い込むものは誰もいなくなるね」

寂しいけれど仕方ない。

ラエルはそう笑ってみせる。

「……」

カイトはじっと黙っている。琥珀色の瞳は、ただ一点を見つめたまま動かない。

「カイト――」

「――あのさ」

ラエルが言いかけたのを遮って、カイトが口を開いた。そのままラエルを振り向くと、まっすぐにラエルの青い瞳を見つめた。

「すみません」

いきなり頭を下げたカイトを、ラエルはじっと見つめ返した。

その時すでにラエルには分かっていた。これからカイトが言おうとしている言葉が何なのか。

カイトは顔を上げると、

「やはり俺は、あなたと一緒に行く事は出来ません。俺には、まだここでやらなくちゃならない事がある、そんな気がするんです」

真摯な態度で、一言一言噛み締めるように言う。

カイトの瞳にも口調にも、微塵も迷いはなかった。琥珀色の瞳はきらきらと輝き、その顔には何とも言えないおだやかな感情が浮かんでいた。

カイトの心はすっかり決まっているようだった。きっとラエルがどんなにもっともらしい理屈を並べ立てても、カイトはそれを軽々と越えてしまうのだろう。

自分のためでもなく、彼女のためでもなく、今まで出会ったいろいろな想いのために。そして、これから出会うであろう様々な想いのために。

ラエルは覚悟を決めて、カイトの次の言葉を待った。

「俺と彼女みたいに、あのお店に迷い込んでくる人たちがまだまだたくさんいると思うんです。俺、そういう人たちのために、あのお店とこのバス停を残しておきたい。だから、ごめんなさい。我が儘だって分かってるけど、俺はまだここにいたいんです」

「そうか」

「長い間、俺のために付き合ってくれたあなたには、本当に申し訳ないと思っています。でも、どうか許してください。このまま俺を連れて行かないでください」

深々と頭を下げるカイトを、ラエルはしみじみ眺めた。

今のカイトから、もう迷いは感じられない。長くカイトを縛り付けていた罪悪感や後悔、そういったものが、今は全て消えてなくなっていた。カイトは過去を乗り越えて、やっと新しいスタートラインに立てたのだ。

ラエルにとっても、それが何より嬉しかった。

「許すも何も、君を見守り助けるのが私の役目だからね。君が進むべき道を見つけられたのなら、それでいいんだよ」

ラエルはそう言って笑った。このうえなく優しく清らかな笑顔で。

カイトは改めてラエルを見つめると、

「ありがとう」

たくさんの想いを込めて、そう言った。

ラエルは頷いて、もう一度カイトに笑顔を向けた。

「こちらこそ、ありがとう、カイト」

そんな二人の目の前に、一台のバスがゆっくりと滑り込んできた。

＊

深い緑の中に埋もれるように、赤いレンガ造りの建物が建っていた。

入り口には、大きな木製の扉があり、上半分にステンドグラスが嵌め込まれている。ステンドグラスは少し変わった模様をしていて、この建物とそっくりなレンガ造りの家屋の前に、可愛い人形のオーナメントが飾り付けてあるクリスマスツリーが置いてある。下の方には、向かって右側にオルゴールの木箱、左側には茶色いテディベア。四つ角にはそれぞれ、黄色いタンポポ、白いライラック、オレンジ色の薔薇、桜色の貝殻と色とりどりのシーグラスの飾り枠が配されている。

そして、それらの真ん中に、黄色い首輪をつけた一匹の黒い猫。店を訪れるものを出迎えるように、琥珀色の瞳をまっすぐこちらへ向けて座っている。

視線を左右に向ければ、二階建ての建物を囲むように、たくさんの花が咲いていた。淡い黄色やオレンジの薔薇たちが芳香を放ち、足元にはラベンダーやミント、タイムなどが揺れている。一番手前には、八重咲のカモミールやイングリッシュデージーが、白い絨毯のように地面を覆っていた。

今を盛りと咲き誇る花たちの甘い香りの中に、風が吹くたび、生け垣のように周りを囲むローズマリーの清々しい香りが混ざる。

色とりどりの花と緑に包まれたレンガ造りの建物。どこか外国の田舎にあるような、あるいはおとぎ話にでも出てくるような雰囲気だ。

扉の上に掲げられた素朴な木の看板に、『喫茶・雑貨　猫目堂』と店の名前が書いてある。

カランカラン……

ドアベルが澄んだ音を立てて、木の扉がゆっくりと開かれる。

お客は入り口に立ち止まり、店内から漂ってきたコーヒーの良い香りと新鮮な空気を思い切り吸い込んだ。

「いらっしゃいませ」

そう言いながら、厨房の中から姿を見せたのは綺麗な顔をした黒い髪の青年。きらきらと輝く琥珀色の瞳がとても魅力的だ。

「ご注文は何になさいますか？」

そう訊かれて、お客は戸惑ったように視線を動かす。

改めて見てみると、造りは小さいが、ちょっと洒落た感じの店。置いてある小物もアンティークっぽいもので、売っている雑貨もみんな趣味の良いものばかり。

木材をふんだんに使った壁と飾り棚。飾り棚の中には、四季折々の花や植物や鳥をあしらったカップと、綺麗なカッティングが施されているグラス類が並んでいる。

入り口の扉にあるステンドグラスから差し込んだ光が、フローリングの床に七色の模様を描き、テーブルには花びらの形のランプが淡い光を落としていた。

何故だろう。この店には初めて来たはずなのに、ずっと前から知っている気がする。もうずっと昔から知っているような、そんな不思議な既視感。

（ああ、何だかとても懐かしい）

お客はそう思いながら、ゆっくりとカウンターに近づいた。

とある山奥の小さなバス停の近くに、小さなお店があります。
その入り口には、こんな看板が……

《喫茶・雑貨 猫目堂》

『あなたの探しているものがきっと見つかります。
どうぞお気軽にお入りください』

さあ、扉を開けて。
あなたも何か探しものはありませんか？

本作品は、二〇〇六年三月、弊社より刊行された単行本
『猫目堂』を大幅に加筆・修正し、文庫化したものです。

本作品はフィクションであり、実在の人物・団体などとは
一切関係がありません。

文芸社文庫NEO

猫目堂　心をつなぐ喫茶店

二〇二一年一月十五日　初版第一刷発行

著者　水名月けい
発行者　瓜谷綱延
発行所　株式会社　文芸社
〒一六〇-〇〇二二
東京都新宿区新宿一-一〇-一
電話　〇三-五三六九-三〇六〇（代表）
　　　〇三-五三六九-二二九九（販売）
印刷所　株式会社暁印刷

ISBN978-4-286-22222-6